一個人閱讀 一個人思考

柏林最後列車

Mr. Norris Changes Trains

克里斯多福. 伊薛伍德
Christopher Isherwood

劉霽 譯

1

我的第一印象是這陌生人的雙眸呈不尋常的淡藍色。在那空白的幾秒間，我和他四目相對，而那雙眸空洞茫然，明明白白流露著恐懼。那雙受驚又帶著純真淘氣的眼睛，讓我依稀回想起某個難以明確述說的事件，某個發生在許久以前，跟中學教室有關的事。那是學童違反規定時驚嚇的眼神。我當然沒有逮到他正在做什麼壞事，只逮到他作賊心虛的神情：或許他幻想我會讀心術。總而言之，他似乎沒聽見或看見我穿過車廂來到他這頭，因為我的話音讓他嚇了一大跳。確確實實的一大跳。他神經質的反應如回音一樣打向我，使我本能地向後退了一步。

我們好似兩個在大街上迎面撞個正著的人，雙方都不知所措，都準備道歉認錯。我面露微笑，急著想安撫他，於是再次重複先前的問題：

「先生，不好意思，能借個火嗎？」

即便如此，他也沒有立刻回答。他顯然忙著進行某種快速心算，手指緊張兮兮地舞動，沿著背心一陣慌忙摸索。依那樣子，他可能要脫衣服，也可能要拔槍，或僅僅想確認身上的錢沒有被我扒走。隨後，那瞬間的不安如同雲絮從他目光中退去，留下一片清朗的藍天。他終於明白我要什麼了。

「好的，好的。呃──沒問題。當然行。」

他說話時手指優雅地貼著左太陽穴，先咳了一聲，再驀然一笑。他的笑容極有魅力，但笑後露出了我見過最難看的牙齒。那牙就像一列碎石。

「沒問題。」他重複。「樂意之至。」

他一派優雅地操著食指和拇指，伸向那貌似昂貴的柔軟灰西裝，在背心的口袋中探尋，掏出一個金色酒精打火機。他的雙手白皙、嬌小，指甲修剪得齊整漂亮。

我請他一根菸。

「呃──謝謝。謝謝。」

「你先請，先生。」

「不、不，你請。」

打火機的微弱火焰在我倆間搖曳閃爍，如同我們過分矯情的謙恭創造出來的氣氛般稀薄易散。一口最輕的呼息即可撲滅那火，而一個稍顯輕率的姿勢或言詞即可摧毀那氣氛。現在兩根菸都點著了。我們各自坐回自己的角落。陌生人仍對我懷有戒心，不知是否越了界，害自己淪落到煩人精或壞分子的手裡。他膽小而易受驚嚇的靈魂渴望歇息。而我呢?手邊沒有東西好讀的我，可以預見這將是一段完全沉寂的旅程，而且長達七或八小時。我決定開口說話。

「你知道我們什麼時候會抵達邊境嗎?」

我日後回想，並不覺得這問題有何不尋常。的確，我對答案沒什麼興趣，只是為了展開對話才隨口問問，完全無意打探或去招惹什麼。然而問題在那陌生人身上產生了非同小可的效果。我確實成功挑起了他的興趣。他瞥了我一眼，那眼神古怪而耐人尋味，表情則似乎僵硬了些。那是一位撲克牌玩家突然猜到對手拿到同花順時，必須小心應付的眼神。最後他回答了，緩慢且小心翼翼地說：

「我恐怕無法告訴你確切的時間。再一小時左右吧，我想。」

他的眼神茫然了片刻，再度蒙上陰影。某個不愉快的念頭似乎像隻馬蜂騷擾著他；他微微撇頭避開。然後，他出人意料以不耐的口吻補充道：

「這些邊界啊……真是麻煩死了。」

我不太確定這話該如何理解。心裡突然閃過一個念頭：他或許是個溫和的國際主義者，一個國際聯盟協會*的成員。我大膽地煽風點火：

「真該全部廢掉才是。」

「非常同意。確實該廢掉。」

他的親切無庸置疑。他有個碩大渾圓的肉鼻子，似乎斜向一邊的下巴讓他的臉好像一組壞掉的六角形手風琴。他說話的時候，那下巴以極端怪異的方式歪曲抽動，邊旁令人驚異地裂現一道有如傷疤的深邃酒窩。他的臉頰老熟紅潤，其上的額頭卻冷硬蒼白，彷彿一塊大理石。剪得詭異的深灰色瀏海覆蓋於上，濃密、結實、厚重。觀察了一陣子之後，我才興致勃勃地發現他戴了假髮。

「尤其是——」我順水推舟。「這一大堆繁文縟節。護照查驗之類的。」

且慢，情況不妙。從他的表情看來，我馬上曉得自己不知怎地又敲出了不安的音符。我們說著相似卻截然不同的語言，不過這一次，陌生人的反應不是懷疑。他以略帶困惑的坦率和不加掩飾的好奇，開口問道：

「你自己在這裡遇過麻煩嗎？」

---

* The League of Nations Union。第一次世界大戰後國際聯盟成立，可視為今日聯合國的前身。國際聯盟協會則是依國際聯盟精神於英國成立的民間組織，致力於推動國際正義與永久和平的各項運動。

比起問題本身，我覺得他問問題的語氣更叫人覺得古怪。我用微笑隱藏我的不解。

「喔，不，正好相反。他們通常都懶得打開任何東西。至於護照，他們幾乎不太檢查。」

「你這麼說我就放心了。」

他一定從我臉上看出一些端倪，於是趕緊補充：「這聽起來或許很可笑，但我實在痛恨受到無謂的打擾。」

「當然，我完全明白。」

我咧嘴一笑，因為對他的舉止我剛理出了一個令人滿意的解釋。他老兄幹了一點無傷大雅的小走私，八成是準備送老婆的一塊綢布，或要給朋友的一盒雪茄。而現在，他開始感到害怕了。看他那身裝扮，他肯定富裕到足以負擔任何金額的稅款。有錢人總愛找些奇怪的樂子。

「這麼說來，你沒有從這裡越境過？」我覺得自己和藹可親、樂於助人、高人一等。我會鼓勵他，而要是事態急轉直下，也會提示他一些冠冕堂皇，能討好海關人員的的託詞。

「最近這幾年沒有。我通常途經比利時。出於種種因素，所以……」他再次顯得躊躇猶疑，並且嚴肅地搔著下巴，然後又好像被某樣事物喚醒似的，忽然意識到我的存在。「或許，我該自我介紹一下了。亞瑟・諾里斯，單身漢。還是該說，孤家寡人一個？」他焦慮地咯咯笑，隨後又慌慌張張，高聲地說：「別起身了，拜託。」

我們相隔太遠，不起身就握不到手。我權且在座位上禮貌性地欠欠身。

「我是威廉·布萊德蕭。」我說。

「老天，你不會剛好是薩福克郡布萊德蕭家的人吧？」

「應該沒錯。大戰前我們住在伊普斯威奇*附近。」

「你說真的？沒開玩笑？我曾一度拜訪霍普·盧卡斯太太，還借住過她家。她在梅特拉克附近有間漂亮的房子。她結婚改姓前是布萊德蕭小姐。」

「那就對了，她是我姑婆艾格妮絲。她大約七年前過世了。」

「真的？老天，老天，真是個令人遺憾的消息……當然，我還很年輕的時候就認識她，而她那時已是中年婦女了。容我提醒，我現在說的可是一八九八年的事。」

這段期間我一直偷偷研究著他的假髮。我從來沒見過這麼假的假髮。假髮後腦勺的部分跟他的真髮梳攏在一起，可謂天衣無縫，但前端的分邊就露餡了。即便如此，跟邊防官相隔三四碼，應該

＊英國薩福克郡首府。

還是可以通過檢查。

「哎呀呀。」諾里斯先生有感而發。「老天爺，這個世界可真小。」

「你應該沒見過我母親吧？或者我的叔父？那個艦隊司令？」

我現在認命地以為要開始玩牽關係的遊戲了。這種遊戲非但無聊，還相當耗神，而且可以持續好幾小時。一連串可輕易開啟的話頭已羅列在我的眼前：叔叔伯伯、阿姨嬸嬸、表兄弟姊妹、他們的婚姻和他們的財產、遺產稅、抵押貸款、房產銷售，然後話題再順勢轉到寄宿學校和大學，比較彼此對食物的評價，交換教師的趣聞軼事，討論著名的比賽及遠近皆知的論辯。我對該採取什麼腔調語氣一清二楚。

只是我萬萬沒想到，諾里斯先生似乎不想玩這個遊戲。他匆匆答道：

「恐怕沒有。沒見過。大戰之後，我跟英國的朋友多半失去了聯繫。工作的關係，我得常常往國外跑。」

「國外」兩字讓我們倆自然而然都望向了窗外。荷蘭正如飯後的夢鄉般帶著和緩的睡意悄悄滑過我們的視野：那是一片寧靜濕軟的風景，四周圍繞沿著堤防而行的電車。

「你對這國家熟嗎？」我問。自從注意到他的假髮，我發現自己不知何故就是無法對他冠上

「先生」這個敬稱。況且，若他戴假髮是為了讓自己看起來年輕點，那我如此執著於年紀上的差距，便是有失體貼，也不禮貌。

「我對阿姆斯特丹很熟。」諾里斯先生以一種緊張、鬼祟的姿態搔著下巴。這是他的習慣動作。他另一個習慣是擺出咆哮鬼臉般的大嘴，但那模樣不具凶暴的攻擊性，反而像頭籠中的老獅。

「沒錯，相當熟。」

「我很希望能到那兒一遊。那裡應該非常平靜祥和。」

「正好相反。我跟你保證，那絕對是歐洲最危險的城市。」

「你說真的？」

「沒錯。深愛阿姆斯特丹如我，也向來斷言它有三大致命缺陷。首先，屋子裡的階梯很多都太陡了，除非你是專業登山人士，否則那些樓梯可能會讓你爬到心臟病發或摔斷頸子。第二，滿街的人都在騎腳踏車。他們在城市裡橫行無阻，毫不在乎人命似地狂飆，而且顯然還把這當成一種榮耀。我今早才千鈞一髮地逃過一劫。而第三，就是那些運河。夏天，你也知道……極度不衛生。哎，髒死了。簡直無法用言語形容我受的那些苦。連續好幾個星期，我的喉嚨沒有一天不痛的。」

等到我們抵達本特海姆，諾里斯先生已將歐洲大部分主要城市的缺點都數落了一遍。我驚愕地發現他竟然去過這麼多地方。他曾在瑞典的斯德哥爾摩受風濕之苦，在立陶宛的考納斯得過風寒，在拉脫維亞的里加覺得百無聊賴，在波蘭的華沙遭受極端無禮的對待，又在塞爾維亞的貝爾格萊德找不到最愛的牙膏品牌。羅馬的蟲子惹惱了他，還有馬德里的乞丐、馬賽的計程車喇叭聲也是。在羅馬尼亞的布加勒斯特時，他跟當地的抽水馬桶過不去。君士坦丁堡*則讓他覺得物價昂貴又缺乏品味。只有巴黎和雅典這兩個城市讓他讚譽有加。尤其是雅典。雅典是他的心靈故鄉。

火車停了下來。蒼白壯碩的藍色制服男子們在月台上來回踱步，舉手投足間流露著一絲邊界車站官員那種暗藏險惡的悠閒氣息。他們跟獄吏沒有兩樣。感覺就像他們絕不會容許我們任何一人繼續前行。車廂走道遠端有個聲音迴盪著：「**護照檢查**※※。」

「我想——」諾里斯先生溫文儒雅地笑著對我說：「我難忘的美好回憶之一，就是花了好幾個早晨，在忒修斯神廟後面那些別緻的老街上徘徊。」

---

* 土耳其伊斯坦堡的舊稱。

※※ 原文常有直接引用德語之處，以不同字體標示，後文亦同。

他緊張得不得了，纖細白皙的手不斷玩弄著小指上的印戒，不安的藍眼隨時瞥向車廂走道。他的聲音惺惺作態：尖銳的聲調中有種做作矯情的歡樂，讓人聯想到戰前上流社會客廳喜劇中的角色。他說話的音量大到隔壁車廂的人都能聽見。

「人總會不經意就碰上一些令人著迷不已的小角落，比方一根矗立在廢物堆中的圓柱……」

「**護照檢查。請拿出護照。**」

一名官員出現在我們的車廂門口。他的聲音讓諾里斯先生輕微但明顯地抖了一下。為了趕緊讓他鎮定下來，我急急忙忙遞上自己的護照。不過，就如我先前所提，那官員幾乎看也沒看。

「我要去柏林。」諾里斯先生邊說，邊掛起迷人的微笑奉上護照——太過迷人，簡直有點過頭了。官員沒有反應，只是哼了一聲，並且興味盎然地翻著護照內頁，接著走到外頭的通道，將護照高舉至窗戶的光線下。

「說起來也真奇怪——」諾里斯先生閒話家常似的對我說：「翻遍古典文學，竟然沒有一部作品寫到雅典的利卡貝托丘呢。」

我驚異不已地看著諾里斯先生：他的手指糾結抽搐，聲音勉力自持，光滑雪白的前額還浮現粒粒汗珠。如果這就是他先前所說的「無謂的打擾」，而如果每次犯點小規就得這般憂忡忐忑，也難怪他會因為神經緊張而提早禿頭了。他帶著強烈的痛苦迅速朝通道瞥了一眼。另一名官員來到。那兩人背對我們，一起檢查那本護照。諾里斯先生顯然費了一番好大的心力，才保持住自己東拉西扯的閒談語氣。

「據目前所知，似乎是受到狼群的侵擾。」

護照現在落到另一名官員手上，而且他似乎要把護照帶走。他的同僚正在查閱一本閃亮的黑色小筆記本。他陡然抬起頭問道：

「你目前住在柯比赫街一六八號？」

那一刻，我以為諾里斯先生就要昏倒了。

「呃……對……是的……」

他就像隻遇到眼鏡蛇的鳥兒，無助而出神地死盯著訊問者。旁人或許會以為他即將被逮捕，然而，實際上，那官員僅僅在本子上做了註記，再度哼了一聲，便掉頭前往下個車廂。他的同僚將護照還給諾里斯先生，道了聲：「謝謝你，先生。」並禮貌地敬了個禮，就隨著那位官員離去。

諾里斯先生長長地嘆了口氣，一屁股跌坐在硬木椅上。有段時間他似乎連話都說不出口。他拿出一條白色絲質大手帕輕拭著額頭，小心地避免弄亂假髮。

「麻煩你行行好，開點窗吧。」他終於以虛弱的聲音說：「這裡怎麼一下子就變這麼悶呢？」

我趕緊照辦。

「還需要什麼嗎？」我問。「來杯水？」

他無力地拒絕我的提議。「你真好心……不用了。我應該過一會兒就沒事。我的心臟不比從前了。」他嘆了一口氣。「我老了。這種事我應付不來。這種四處奔波的生活……對我沒好處。」

「其實你不需要這麼心煩意亂。」在那一刻，我對他的關懷保護之情更勝先前。他如此輕易又危險地激發了我強烈的呵護慾望，而這慾望又左右了未來我倆之間所有的進退往來。「不過是一點小事，犯不著苦惱啊。」

「那叫一點小事！」他略顯可悲地高聲抗議。

「當然。不管怎麼說，那問題只消幾分鐘就解決了。那傢伙只不過把你和另一個同名同姓的人搞混了。」

「你真這麼認為？」他孩子氣地急於接受安慰。

「還有其他可能的解釋嗎？」

對此，諾里斯先生似乎不敢肯定。他懷疑地說：「這個嘛——呃——沒有吧。嗯，應該沒有。」

「更何況，這種事屢見不鮮。還曾經有完全無辜的人被錯認成知名的珠寶大盜，被脫得精光搜身哩。想想，好險你沒碰到這種事！」

「真的！」諾里斯先生咯咯地笑。「光用想的，就夠我這薄臉皮紅了。」

我們都笑了。我很高興能成功地安撫他，但又不免想著，到時候海關檢查員來到，他又會落得什麼樣子。畢竟——若他果真如我所料走私了些小禮物——這才是讓他神經兮兮的真正原因。如果一點點護照的小誤會就讓他苦惱成這樣，那海關檢查員肯定會讓他心臟病發。我不知道該不該直截了當地提醒他，並建議他把東西藏在我的旅行箱裡，但見他如此樂而忘憂，對迫在眉睫的麻煩一無所覺的樣子，我就不忍心驚動他了。

我完全錯了。到了海關檢查的時候，諾里斯似乎樂在其中。他沒有顯露一絲不安，他的行李中也沒被查獲任何該課關稅的物品。他以流利的德語和檢查員開著一大瓶寇蒂香水的玩笑：「沒錯，就是我自己要用的，我可以保證。就算給我全世界我也不願捨棄它。在您手帕上來一滴吧？真的是芬芳又清新。」

終於全部結束了。火車緩緩地朝德國蜿蜒行進。餐車侍者穿過走道，敲響他的小鑼。

「現在呢，親愛的老弟——」諾里斯先生說：「謝謝你精神上寶貴的支持，但什麼言語都不足以形容我的感激之情，所以，在一場虛驚和千里跋涉之後，希望你能賞光讓我請你吃頓午餐。」

我道謝，並表示恭敬不如從命。

我們走進餐車，舒服地就座，接著諾里斯先生點了一小瓶白蘭地。

「我平常規定自己絕不在餐前喝酒，但偶爾不妨破例一下。」

侍者送湯上桌。他嚐了一口，又隨即喚來侍者，以略帶責備的語氣對他說話。

「想必你也會同意這裡面加了太多洋蔥吧？」他焦急地問。「我有個不情之請。我希望你能親自嚐嚐。」

「是的，先生。」侍者說。他忙得焦頭爛額，以致那聲遵從中帶著些微傲慢，還一把將湯盤掃走。諾里斯先生頗感惱火。

「你看到了嗎?他不肯嚐，不肯承認出了什麼錯。老天，有些人真是冥頑不靈！」

然而，過了一會兒，他就忘了自己對人性的這點小失望，非常認真地研究起葡萄酒單。

「讓我瞧瞧……來瞧瞧……準備來點德國白葡萄酒了嗎?可以?提醒你，那就像樂透喔。在火車上凡事都要做好最壞的打算。不過我說，就來冒個險吧，如何？」

德產白酒上桌，結果是正確選擇。諾里斯先生說他自從去年在維也納和瑞典大使的午餐餐會後，就沒嚐過這麼好喝的德國白酒。而且還能搭配他最愛的菜：腰子。「老天！」他興高采烈地評論道：「我真是胃口大開呀……如果你想吃烹理得最完美的腰子，就要去布達佩斯。那兒的腰子對我而言宛如天啟……不過我得說，這些也真的很美味，你不覺得嗎？真的相當美味。一開始我還以為吃到了噁心的紅椒，但那僅僅是我緊張過度的幻覺而已。」他喚來侍者。「麻煩你向主廚轉達我的讚賞好嗎？就說我要為這頓最出色的午餐向他致意。謝謝。好了，幫我拿根雪茄來。」雪茄送了上來；諾里斯先生將雪茄一支支端到鼻前聞了聞，又拿在拇指跟食指間掂了掂重量，最後選了托盤中最大的一支。「什麼？老弟，你不抽嗎？哎，你該來一支的。好吧，好吧，或許你有別的惡習。」

這個時候的他興致高昂，歡快無比。

「我得說年紀越大，就越懂得珍惜生活中的一些小小享受。一般而言，我旅行一定要坐頭等艙。向來值得。頭等艙的接待貼心多了。就拿今天來說吧。若非我坐的是三等車廂，他們絕對不敢騷擾我。在三等車廂等著一堆德國官員來找碴吧。『一群無名小卒』，是不是這麼說的？說得真好！對極了……」

諾里斯先生若有所思，安靜地剔了一會兒牙。

「我這一代所受的教養，是以美學的角度來看待奢華享受。但戰後，人們似乎改觀了。大家經常甘居下流，以粗鄙為樂，你不覺得嗎？有時候我自己也會有點罪惡感。隨處所見盡是失業和貧窮。柏林的情況很糟。唉，非常糟……想必你也清楚。我只能出點微薄之力，能幫就幫，但真是有如滴水入海。」諾里斯先生嘆著氣，用餐巾擦了擦嘴。

「瞧瞧我們現在，奢侈享受地乘車前行。社會改革分子一定會以此譴責我們，毫無疑問。但是，你想想，要是沒人來這餐車用餐，這些職員不全都同樣得去領失業救濟金了……老天，老天。如今一切都變得太複雜了。」

我們在動物園站道別。諾里斯先生卡在你推我擠的到站乘客之中，握著我的手好長一段時間。

「**再見**，老弟。**再見**。我不說別的，因為我希望我們很快就會再碰面。那段討人厭的旅程中，我若經歷了任何一點不快，也因為有幸結識你而完全釋懷了。我現在想問，你願不願意到我住處喝杯茶呢，就這禮拜找一天？禮拜六怎麼樣？這是我的名片。請務必賞光。」

我承諾會去。

2

諾里斯先生的公寓有兩扇前門，比鄰而立。兩扇門的門板上各有一組圓形窺孔、擦得明亮的球形門把，以及銅製門牌。左手邊的門牌刻著「亞瑟．諾里斯。私宅」，右手邊的則是「亞瑟．諾里斯。進出口」。

遲疑了一會兒後，我按下左手邊的門鈴。鈴聲響得嚇人，那音量肯定能響徹整層樓房。然而，一點動靜也沒有。屋內沒傳出任何聲響。我正打算再按鈴時，意識到有隻眼睛正透過門上的窺孔打量著我。那隻眼究竟在那兒看了多久，我並不清楚。我尷尬不已，同時也不確定是該瞪著那眼睛直到它退出窺孔，還是就假裝什麼都沒瞧見。我裝模作樣地檢視著天花板、地板、牆壁，然後鼓起勇氣偷偷瞥了一眼，想確認那眼睛是否已離去。還在那裡。惱怒之下，我乾脆轉身背對著門。將近一分鐘過去了。

最後，我還是轉了回來，卻是因為另一扇門——進出口那扇門打開了。一個年輕人站在門檻邊。

「諾里斯先生在嗎？」我問。

年輕人懷疑地打量著我。他有雙水汪汪的淡黃色眼珠，麥片粥色的皮膚上灑了一片斑斑點點。他的頭又大又圓，窘迫地接上胖嘟嘟的短小身軀，身上則穿著齊整的輕便西裝和漆皮鞋。我對他的外貌毫無好感。

「有預約嗎？」

「有。」我的語氣極其簡慢。

一瞬間，年輕人的臉上彎出諂媚的笑。「喔，是布萊德蕭先生吧?麻煩請稍候。」

接著，叫我吃驚的是，他就當著我的面關上門，再旋即從左手邊的門復現，側身讓我進屋。這舉動實在令人匪夷所思，尤其進屋後，我立刻發現所謂「私宅」和「進出口」的分野，不過只是一張掛在玄關的厚布幕。

「諾里斯先生要我向您轉達，他馬上就出來。」大頭年輕人邊說邊踮著漆皮鞋尖，優雅地踏過厚地毯。他說話輕聲細語的，彷彿怕被偷聽。他打開一間大客廳的門，僅以動作示意我坐下，之後便離開。

我獨自環顧四周，略感困惑。這裡的每樣東西，無論是家具、地毯、配色都講究品味，但整個房間就是古怪地缺乏個性，像是舞台上或高級家具店櫥窗裡的房間：精緻、昂貴、刻意。我原本預期諾里斯先生所生活的空間會更富異國情調，或許有一些中國風的裝潢，搭配著金色或大紅色的龍之類的東西。那應該很合他的風格。

年輕人留門半敞著，而門外傳來他的聲音，大概正對著電話說：「客人到了，先生。」結果，我也聽得見諾里斯先生的回應，而且他的聲音甚至還要更清晰可聞。聲音就從客廳對面的一扇門後傳了過來。「喔，到了嗎？謝謝。」

我很想笑。這種小鬧劇多餘到近乎荒唐了。過了一會兒，諾里斯先生本人走進客廳，緊張地搓著指甲修剪齊整的雙手。

「親愛的老弟，真是榮幸啊！大駕光臨真讓寒舍生輝。」

他氣色不太好，我心想。他今天的臉色沒有那麼紅潤，黑眼圈也冒出來了。他坐在一張扶手椅上，但馬上又站了起來，好似沒有心情久坐。他應該換過一頂假髮了，因為這頂假髮和真髮的接合處顯眼得要命。

「你會想參觀一下房子吧，我猜？」他神經質地用指尖按著太陽穴。

「是啊，很想。」我笑著回答，同時感到困惑。諾里斯先生顯然在趕什麼。突然之間，他拉起了我的手肘，領著我往對面他剛現身的那扇門而去。

「我們先往這邊走，沒錯。」

但我們還走不到兩步，玄關就爆出話音。

「你不能進來。絕對不行。」是引我進屋的那位年輕人在說話。接著一道響亮而憤怒的陌生聲音回道：「胡說八道！他明明就在！」

諾里斯先生如受槍擊般驟然停步。「老天！」他低語，聲音幾不可聞。「老天！」他受猶疑與驚恐所困，靜立在房間中央，彷彿拚命地思索該往哪邊轉。他把我的胳膊握得更緊，但這力道並非尋求支持，僅是懇求我別作聲。

「諾里斯先生要到晚上很晚才回來。」年輕人不再語帶辯解，而是相當堅決。「你在這兒等只是浪費時間。」

他似乎移動了位置，就在房外，或許正擋住了客廳的入口。下一刻，客廳門被悄悄闔上，接著發出鑰匙轉動的喀擦聲響。我們被反鎖在房內了。

「他在那裡面！」陌生的聲音怒吼，又兇又響。接著是一陣糾纏拉扯的聲音，再來是砰的一聲，聽起來像是年輕人被猛地甩到了門上。重擊聲驚起諾里斯先生的行動。他一把將我拖進隔壁的房間，動作簡潔且出乎意料地靈敏。我們一同站在出入口邊，準備隨時更進一步地撤退。我可以聽見他在身旁沉重地喘著氣。

此時，陌生人奮力搖晃著客廳的門，像是要破門而入。「你這該死的騙子！」他以嚇人的聲音吼道：「我一定會給你好看！」

這一切如此離奇，幾乎讓我忘記應該要感到害怕。不過，大可猜想站在那扇門外的人不是發酒瘋，就是真瘋了。我向諾里斯先生投以詢問的目光，他則低聲安慰道：「他馬上就會走了，我想。」奇怪的是，儘管他對這一切的發生感到害怕，卻似乎一點也不驚訝。從他的語氣多少可以想像，他把這當成一件不愉快，卻會一再重複的自然現象，就好比劇烈的大雷雨。他的藍眼睛機警而不安地戒備著，雙手擱在門把上，準備一見苗頭不對就立刻甩上門。

諾里斯先生說對了。陌生人很快就膩了，不再搖晃客廳門。只聽見爆出一連串柏林式的咒罵，接下來，他的聲音便漸行漸遠。過了不久，我們聽見公寓大門隨著砰的一聲巨響被甩上。

諾里斯先生鬆了一大口氣。「我就知道他撐不了多久的。」他滿意地說道，同時心不在焉地從口袋掏出一個信封，對著自己搧起來。「真是討厭。」他咕噥：「有些人就是完全缺乏同理心……親愛的老弟，我得為這場騷亂致歉。完全沒有料想到。我說真的。」

我笑了。「沒關係，還挺刺激的。」

諾里斯先生似乎很欣喜。「很高興你沒有放在心上。難得能找到在你這個年紀，卻不受那些荒謬的中產階級偏見所影響的人。我覺得我們倆有許多共通之處。」

「是啊，我也這麼覺得。」話雖這麼說，我卻無法全然理解他到底覺得哪些偏見荒謬，而那些偏見又跟這名憤怒的訪客有何關係。

「我在這漫長的人生中，也經歷了不少大風大浪。我平心而論，光就愚蠢和死腦筋這兩點來看，我還沒遇過誰超越得了柏林的小商人。容我提醒，我說的可不是規模較大的公司。他們向來通情達理，呃，或多或少啦……」

他顯然起了分享祕密的興致，說不定即將透露許多有趣的資訊，只可惜客廳門打開了，那年輕人的大頭重現門檻邊。他的出現似乎瞬間斬斷諾里斯先生的思緒。諾里斯先生立刻變得愧疚、憂懼，態度也曖昧了起來，彷彿正和我進行某種社交上荒謬無比的事，剛好被逮個正著，只得賣力展示禮儀以遮羞。

「容我介紹：施密特先生——布萊德蕭先生。施密特先生是我的祕書兼左右手。只是，在這裡呢——」諾里斯先生神經兮兮地竊笑。「我可以保證，左右手對主子的舉動瞭若指掌。」

他邊興奮地輕咳了幾聲，邊嘗試將這笑話翻譯成德文。施密特先生顯然聽不懂，也懶得裝懂陪笑，不過卻暗自對我笑了一下，邀我加入他的容忍與輕蔑，在他雇主賣弄幽默時捧個場。我沒有回應。我已經看他不順眼。他也看出來了，而那一刻我很高興他有看出來。

「可以跟你私下說幾句嗎？」他對諾里斯先生說。那語氣很明顯是想要羞辱我。他的領帶、衣領和西裝全都工整如常。他剛剛分明遭人暴力以對，身上的裝束卻沒有顯現任何一點跡象。

「好，呃——好的。當然可以。」諾里斯先生的語氣不耐卻溫順。「不好意思，老弟，可以稍候一下嗎？我不喜歡讓客人等，但這件小事有點緊急。」

他匆匆穿過客廳，消失在第三扇門後。施密特尾隨而去。想當然耳，施密特要告訴他糾紛的詳情。我考慮過偷聽，但還是覺得太冒險了。反正，我日後應該可以從諾里斯先生那兒得到答案。等我跟他的交情再深一點之後。感覺諾里斯先生並不是個謹言慎行的人。

我環顧四周，這才發現原來自己待在一間臥房裡。這房間不算大，一張雙人床、一組龐大的衣櫥和一個裝著三面鏡的精巧梳妝台幾乎佔去了所有的空間。梳妝台上琳琅滿目，排列著一瓶瓶香水、化妝水、消毒劑，一罐罐面霜、護膚品、粉撲，以及齊全到足以開藥房的各式軟膏。我偷偷打開桌子的一個抽屜；裡面除了兩條口紅和一枝眉筆，別無其他。我還來不及更進一步調查，就聽見客廳的門開啟。

諾里斯先生忐忑不安地返回。「現在，在那極度令人遺憾的插曲之後，讓我們繼續進行皇家公寓的私人導覽。你面前是一張簡樸高雅的臥榻，那是我在倫敦特別訂做的。我總覺得德國床鋪都小得可笑。這張床裡用的是最上等的螺旋彈簧。如你所見，我是很守舊的，還在用英國的床單和毛毯。德國羽絨被會讓我作非常恐怖的惡夢。」

他滔滔不絕，興奮得手舞足蹈，但我一下就看出他跟祕書談完之後覺得很沮喪。別再提及那個陌生人的造訪似乎比較識相。諾里斯先生顯然想將這事兒拋到九霄雲外。他從背心口袋撈出一把鑰匙，插進衣櫥將門敞開。

「我有條規矩：一週的每一天都要有套西裝搭配。或許你會說我虛榮，但你若是知道在人生中的關鍵時刻，能依心境穿著恰如其分的衣服，這對我來說有多麼重要，肯定會大感吃驚。我認為，這能賦予一個人無比的自信。」

臥房另一頭是餐廳。

「請欣賞這些椅子。」諾里斯先生說，並有點奇怪地（我當時是這麼覺得）補充道：「我跟你說，這套桌椅估計價值四千馬克。」

餐廳有條過道通往廚房。到了廚房，我被介紹給一位臉色陰鬱的年輕人認識。他正忙著備茶。

「這位是赫爾曼，我的管家。他跟我多年前在上海請的一個中國男孩一樣優秀，都是我請過最棒的廚師。」

「你去上海做什麼？」

諾里斯先生眼神閃爍。「哎，人到了哪裡，能做的還不就那些？混水摸魚囉，我想可以這麼說。沒錯……容我提醒，我說的可是一九零三年。聽說現在的情況已經大不相同了。」

我們回到客廳。赫爾曼拿著托盤尾隨於後。

「哎呀呀——」諾里斯先生拿起茶杯，評論道：「在這個瞎攪和的時代，連喝個茶也要攪和一番。」

我尷尬地咧咧嘴。後來，我跟他更加熟絡後，才曉得這些冷笑話（他有一整套全集）根本無意惹人發笑。冷笑話只是他一天的例行公事中，需在某些場合完成的一部分。沒有丟個冷笑話，就好比忘了禱告一般。

諾里斯先生執行完例行儀式之後，再度陷入沉默。他肯定又在擔心那位吵鬧的訪客了。一如先前，被他冷落時，我就開始研究他的假髮。我一定非常魯莽地直盯著假髮看，因為他突然抬起頭時，察覺了我注視的方向，而且出其不意直率地問我：

「是不是歪了？」

我滿臉通紅，窘得無地自容。

「好像有那麼一點。」

然後我痛快地笑了起來。我們都笑了。在那一刻，我甚至願意給他一個擁抱。我們終於提到那玩意兒了，雙方都如釋重負，好像兩個剛互相公開表白的人。

「可以稍微再往左邊一點。」我說，並伸出援手。「容我……」

但這舉動撈過界了。「老天，不行！」諾里斯先生大喊，並且不由自主驚慌地將身子向後縮。

下一秒他再度恢復正常，臉上掛著慘笑。

「恐怕這種事——呃——就跟廁所裡的事一樣隱私，最好在閨房這類私密的空間裡動手。請容我失陪一下。」

「這一頂恐怕不太合。」幾分鐘後他走出臥房，並繼續說道：「我一向不喜歡這頂。這頂是我次好的。」

「那你總共有幾頂？」

「三頂。」諾里斯先生像個靦腆的持有人般檢視著指甲。

「一頂可以戴多久？」

「很遺憾，沒有多久。我每隔十八個月左右就得買頂新的，而且一頂還所費不貲。」

「大概多少錢？」

「三到四百塊馬克。」他知無不言，態度認真。「幫我製作的人住在科隆，我還非得親自去那裡量身訂做才行。」

「還真累呀。」

「的確是。」

「再跟我說一件事就好。你是怎麼讓它乖乖待在頭上的？」

「裡面有塊小貼片，上面有黏著劑。」諾里斯先生稍微降低音量，彷彿這是最了不得的祕密。「就在這裡。」

「這樣就行了？」

「平時日常生活的穿脫，足夠了。不過，我還是得承認，在我多采多姿的生活裡，確實出現過各式各樣讓我想到就臉紅的場景。那種時刻，什麼膠都來不及啊。」

喝完茶，諾里斯先生帶我參觀他的書房，就在客廳另一頭的門後。

「我這裡收了些非常珍貴的書籍。」他對我說。「一些非常好玩的書。」他扭扭捏捏地強調。我駐足瀏覽書名：《金鞭女孩》、《史密斯小姐的拷問室》、《女子學校監禁》、《夢特嬌的私密日記》、《鞭笞者》。這是我首次一窺諾里斯先生的性癖好。

「改天再讓你瞧瞧我收藏的其他寶貝。」他狡猾地補充。「等我夠瞭解你之後。」

他領路來到一間小辦公室。我意識到，這裡肯定就是在我到來時，那位不受歡迎的訪客等候之處。房內空蕩得詭異，只有一張椅子、一張桌子、一個檔案櫃，及掛在牆上的一大張德國地圖。施密特不見蹤影。

「我的祕書出門了。」諾里斯先生解釋。他不安的眼神厭惡地在四面牆上游移，彷彿這房間讓他產生不悅的聯想。「他拿打字機去清理了。這就是他剛才找我處理的事。」

這謊言編得毫無意義，讓我有點不快。我並不期望他對我推心置腹，但他也沒必要把我當成傻瓜。長久以來，我對那些尖銳問題的顧忌，如今全都煙消雲散了。於是我帶著坦誠無諱的好奇開口：

「你究竟進出口些什麼東西？」

他聽到後相當冷靜，笑容虛假而冷淡。

「親愛的老弟，我這輩子有什麼沒出口過呀？我想我可以宣稱出口過所有——呃——可出口的東西。」

他拉出檔案櫃的一個抽屜，姿態有如房地產經紀。「你瞧瞧，最新型的。」抽屜幾乎空空如也。「跟我說一件你出口的物品。」我堅持，面帶微笑。

諾里斯先生一副正在思考的樣子。

「時鐘。」最後他說。

「你出口到哪裡？」

他以一種不安、鬼祟的動作搔著下巴。這一次我成功戲弄了他。他有點慌亂，也稍微惱羞成怒了。

「說真的，老弟，如果你想知道這麼多技術上的細節，得去問我的祕書。我可沒時間注意這些。我把所有——呃——比較不值一提的細節都交給他全權處理了。沒錯……」

3

聖誕節過後幾天，我致電亞瑟（我們已直呼對方的名諱了），並提議一齊度過除夕夜。

「親愛的威廉，我很高興，真的。莫大的榮幸……我想不到更令人愉快或更具有福氣的良伴，來一同慶祝這特別不祥的新年了。我應該邀你前來共進晚餐，只可惜我有約在先。這樣的話，你建議在哪兒碰面？」

「三頭馬車酒館怎麼樣？」

「非常好，老弟，我把自己全交給你了。我怕自己在這麼多年輕面孔前會感到手足無措。一個一隻腳已踏進棺材的老頭子……有人會說不行，不行！這裡可不適合老頭兒。年輕人多殘酷呀。算了，這就是人生……」

亞瑟一旦講起電話，就很難讓他停下來。我之前經常把話筒擱在桌上，心知幾分鐘後再拿起來時，仍會聽到他如連珠炮般講個不停的聲音。不過今天有個學生正等著我上英文課，我只得打斷他。

「很好，那就約三頭馬車，十一點。」

「那再好不過了。在這期間，我得小心飲食，早點上床，總而言之就是讓自己準備好盡情享受一個充滿**酒、女人和歌唱**的夜晚。尤其是酒。沒錯。祝福你，老弟。再見。」

我除夕夜在家同女房東及其他房客共進晚餐。我到三頭馬車時肯定已經醉了，因為當我望向盥洗室的鏡子，發現自己竟然戴著一個假鼻子。我還記得當時嚇了一大跳。酒館裡擠滿了人，很難分辨誰在跳舞，誰又只是站著。兜轉了一陣子後，我在一個角落找到亞瑟。他正和另一位比他年輕許多的男士同坐一桌。男士戴著單片鏡，有一頭光亮的黑髮。

「啊，你來啦，威廉。我們才在擔心你會不會拋棄我們了。容我介紹兩位我最珍貴的摯友互相認識吧，布萊德蕭先生——佩格尼茨男爵。」

男爵淡漠而文雅，微微點了點頭。他像條越水游來的鱒魚般向我傾身，問道：

「不好意思，你去過那不勒斯嗎？」

「沒有，從沒去過。」

「抱歉，請原諒。我總覺得我們以前曾經見過。」

「或許吧。」我一邊禮貌地說，一邊暗自疑惑他怎麼可以堆著笑卻不讓單片鏡滑落。那鏡片無框也無繫帶，好似藉由某種駭人的外科手術直接鎖在他那張修剃乾淨的粉色臉上。

「或許你去年待過若安樂松*？」

「沒有，我沒去那邊。」

「好，我明白了。」他帶著禮貌的遺憾，笑著說：「這樣的話，還請見諒。」

「別放在心上。」我說。我們都開懷地笑了。亞瑟顯然相當樂見我讓男爵留下好印象，也笑了。我將一杯香檳一飲而盡。有組三人樂團正在演奏著：**迎接我，我的夏威夷，我對你一往情深，至愛不渝****。舞者們呆板地緊緊相依，身體以一種局部麻痺似的韻律擺動著。有組巨大的遮陽篷從天花板懸吊而下，在他們頭上緩緩搖盪，繚繞的煙霧和蒸騰熱氣從中穿過。

「你們不覺得這裡面有點悶嗎？」亞瑟焦慮地問。

窗邊放了許多裝滿有色液體的瓶子，一經從下方打上的燦爛光源，瓶子就綻射出紅紫、翠綠、朱紅色的光。似乎就是這些光照亮了整間屋子。香菸熏得我雙眼刺痛，眼淚直流。音樂漸奏漸弱，

＊　法國蔚藍海岸邊的度假小鎮。

＊＊　出自德國當時知名歌曲〈Grüss mir mein Hawaii〉。

然後又猛然響得可怕，就這麼反覆著。我的手滑過椅子後方壁凹處那閃亮的黑色油布帷幔，說也奇怪，那觸感相當冰冷。一盞盞燈看上去就像高山上的牛鈴。毛茸茸的白色猴子攀掛在吧檯上方。要不了多久，喝完這份量不多不少的香檳之後，我應該就會產生幻覺了。我啜飲一口。現在，在思慮極度清晰，不帶激情或怨尤之下，我看清人生究竟為何了。我記得，跟那不斷旋轉的遮陽篷有關。很好，我喃喃自語，讓他們舞吧。他們在跳舞。我很開心。

「嘿，我喜歡這地方。喜歡得不得了。」我滿腔熱情地跟男爵說。他似乎不意外。

亞瑟一派嚴肅地強屏著呼吸。

「親愛的亞瑟，別這麼哀怨。還是你累了？」

「不，不累，威廉。只是在想點事罷了。這類場合並非沒有嚴肅的一面。你們年輕人享享樂子也是理所當然。我一點也不怪你。個人有個人的回憶。」

「回憶是我們最寶貴的東西。」男爵附和。隨著酒精持續作用，他的臉似乎正慢慢地分崩離析。一塊沒有知覺的堅硬區域在單片鏡周圍形成。多虧單片鏡，他整張臉才不至於瓦解。他的面部肌肉拚命地夾住鏡片，而已然脫離的眉毛翹起，嘴角微微鬆垂；一粒粒細小的汗珠沿著他那稀疏、如綢緞般光滑的黑髮分界處浮現。他察覺我的目光，遂朝我游身而上，來到分隔我倆的界面。

「不好意思，打擾一下。可以問你個問題嗎？」

「請便。」

「你讀過米爾恩的《小熊維尼》嗎？」

「讀過。」

「請說說，你喜歡嗎？」

「非常喜歡。」

「那真令人高興。我也非常喜歡。」

現在我們全都站了起來。怎麼了？午夜了，我們以杯碰杯。

「恭喜。」男爵說，一副引用了什麼絕妙佳句的樣子。

「容我舉杯！」亞瑟說：「祝福兩位一九三一年萬事如意。萬事……」他的聲音顫顫巍巍漸趨於無，手指緊張地撥弄著厚重的瀏海。樂隊猛然爆出一聲巨響。我們就像高山鐵路的列車緩慢而費力地爬上頂峰，然後朝下一頭衝進了新年。

接下來兩個小時發生的事則有點混亂。我們到了一間小酒吧。我只記得那兒有一紙翩翩抖動的紙幡羽尾，深紅色，非常美麗，在電風扇吹出的風中如海草般擺盪。我們晃過滿是女孩子的街道，聽她們當著我們的面拋出煽情的調笑。我們在弗里德里希站的高級餐廳吃了火腿和蛋。亞瑟人不見了。男爵對此顯得有點詭祕莫測，可我弄不懂是為什麼。他要求我稱他庫諾，並說明自己有多仰慕英國上流階級的品性。我們正搭著計程車，就我們倆。男爵跟我說了他一位朋友的事，一位年輕的伊頓公學同學。眼前這位伊頓畢業生曾在印度待了兩年。回來後的某個早上，他在龐德街遇見了伊頓的老同學。兩人久別重逢，但那位同學只說：「哈囉，我現在恐怕不能跟你多聊。我得陪母親去購物。」「我覺得這樣很好。」男爵下結論：「這是你們英國人的自制。你懂吧？」計程車跨過了幾座橋，經過一座煤氣廠。男爵緊握著我的手，針對年輕的諸多美好發表了長篇大論。他的面容變得有點模糊，英文會話能力也快速退化。「是這樣的，不好意思，我整晚都在觀察你的反應。希望你不會生氣？」我在口袋中找到我的假鼻子，並拿出來戴上。被壓得有點皺了。男爵似乎深受感動。「這一切對我來說都太有趣了。你懂吧？」緊接著我得讓計程車在一根燈柱旁停下，因為我突然很想吐。

我們沿著一旁被高聳暗牆阻隔的街道前行。越過牆頂我突然瞄到一個十字形裝飾。「老天爺！」我說：「你是要帶我去墓園嗎？」

男爵只是微笑。我們停下車，似乎抵達了夜晚最黑暗的角落。我絆到了什麼，男爵熱心地攙扶我的臂膀。他似乎來過這裡。我們穿過一道拱門，進入一座庭院。幾扇窗戶流瀉出燈光，還可斷斷續續聽見一些留聲機的樂音以及笑聲。一扇窗中探出一個頭和肩膀的剪影，高喊：「新年快樂！」，然後又猛力啐了一口。那唾沫噗的一聲輕輕落在我腳邊的石板道上。接著，別的頭也開始從其他窗戶浮現。「是你嗎，保羅？你這隻豬！」有人吼道。「紅色陣線！」另一個聲音大喊，還伴隨著更響亮的潑濺聲。我想這一次，是整杯啤酒都空了。

接下來，又是當晚一段無所知覺的時間。我不知道男爵究竟是怎麼把我弄上樓的。我一點感覺也沒有。我們來到一間擠滿了人的屋子。屋內的人在跳舞、嘶吼、歌唱、飲酒、跟我們握手、猛拍我們的背；屋內有個巨大的煤氣吊燈，不過已被改裝成安電燈泡式的燈了，燈上還纏著紙花綵。我的目光繞著屋內打轉，揀選出大型或微型的物件：一個漂著空火柴盒的大紅酒杯碗、一顆從項鍊脫落的珠子、一座安放於哥德風衣櫥上的俾斯麥半身像。我鎖定這些物件，但一會兒後，我的目光又迷失在五顏六色的混亂之中。然後，我突然瞥見了亞瑟的頭，大吃一驚。頭的嘴巴大張，假髮卡在左眼上。我跌跌撞撞要找他的身體，最後舒服地倒在一張沙發上，摟著一個女孩的上身。我的臉埋進了充滿灰塵味的蕾絲靠墊。喧鬧聲如轟然浪潮一波波淹過我，我彷彿置身海上，而那感覺竟奇特地有種撫慰的力量。「別睡著了，親愛的。」我摟著的女孩說。「不會，當然不會。」我回答，並坐起身梳理梳理頭髮。突然之間，我感覺相當清醒。

我對面有張大扶手椅，亞瑟就坐在那張椅子上，大腿上還有一位纖瘦、深膚色、緊繃著臉的女孩。他已經脫掉外套和背心，如在自家。他身上繫著俗麗的吊帶，用鬆緊帶固定住捲起的襯衫袖。除了腦袋底端附近還有少許頭髮，他幾乎全禿了。

「你搞什麼呀？」我驚呼：「會感冒的。」

「這不是我的主意，威廉。你不覺得嗎？這不啻是向鐵血宰相獻上的崇高敬意！」現在的他似乎比今晚稍早之前更有精神，而且真奇怪，一點也沒醉。他有顆引人側目的大頭。我抬起視線，瞧見那頂假髮正瀟灑地戴在俾斯麥的頭盔上。那對他來說太大了。

再轉過頭，便看見男爵坐在我身旁的沙發上。「哈囉，庫諾。」我說：「你怎麼在這裡？」他沒回答，只一味露出他燦爛卻僵硬的微笑，還拚命挑著其中一道眉毛。他似乎正處在崩潰邊緣——那片單片鏡馬上就會掉下來。

留聲機突然爆出響亮刺耳的樂音。屋內大部分的人開始跳舞，幾乎全都是年輕人。男孩們上半身只著襯衫，女孩們皆解開了禮服扣子。房間的空氣因粉末、汗水及廉價香水而變得濁重。一名個頭高大的女人雙手各拿著一杯葡萄酒，用手肘擠開人群。她身穿粉紅色絲綢短衫，搭了一條非常短的打褶白裙；她的腳塞進了一雙小到荒謬的高跟鞋，包覆著絲襪的腳背從鞋中鼓起。她的臉頰塗成粉蠟色，頭髮則染成金箔色，跟她抹了粉的手臂上所戴的六個閃亮手鐲正搭。她就像一個真人大小的洋娃娃般古怪、邪惡，臉上也正如洋娃娃有雙惹人注目的藍瓷眼眸，但眼中卻不帶笑意，儘管她的雙唇綻放著笑容，還露出好幾顆金牙。

「這位是歐嘉，我們的女主人。」亞瑟解釋。

「哈囉，寶貝！」歐嘉給我一杯酒。她擰著亞瑟的臉頰。「怎樣，我的小斑鳩？」

這個動作相當不痛不癢，我因此聯想到面對著一匹馬的獸醫。亞瑟咯咯笑著說：「斑鳩？這可算不上什麼特別恰當或響亮的稱號吧？你覺得呢，安妮？」他問膝上那位深膚色女孩。「你很沉默耶。沒有為今晚更添熱鬧喔。還是對面坐的那位極端英俊的年輕男子讓你失了神？威廉，我相信你已經征服她的心了。我說真的。」

安妮對此笑了笑，一個輕描淡寫、鎮靜自若的妓女式微笑。

接著她搔了搔大腿，打了個呵欠。她穿著剪裁時髦的黑色小夾克及黑色裙子，腳上是一雙黑色長靴，鞋帶一路繫到膝蓋，頂端有圈奇特的金色紋飾，為她整套裝束添上了制服般的效果。

「啊，你在欣賞安妮的靴子呀。」亞瑟滿意地說：「你應該瞧瞧她另一雙靴子。鮮紅皮革配上黑色鞋跟。我親自替她訂做的。安妮不肯穿上街，說太顯眼了。但有時候，如果她感覺特別**精力旺盛**，來見我時就會穿上。」

這個時候，幾名男女停下了舞。他們手挽著手站在我們周圍，眼裡帶著原始人般天真的興致緊盯著亞瑟的嘴，彷彿期待字詞會具體可見地從他喉嚨中跳出來。其中一個男孩笑了起來，模仿說道：「喔，沒錯，我跟你唆音文，對吧？」

亞瑟的手無意識地在安妮大腿上遊走。她起身猛力將手拍開，帶著如貓般不近人情的惡意。

「老天，看來你今晚很**殘酷**喔！我知道自己該為此受到**懲戒**。安妮是個極其**嚴厲**的年輕小姐。」亞瑟大聲訕笑，並繼續用英文閒話家常般說：「你覺不覺得這張臉既精緻又美麗？難以言喻地完美。就像拉斐爾的聖母像。前幾天我有個妙喻。我說，安妮**罪**美了。希望還算有創意？有嗎？還請笑一笑。」

「我覺得確實不賴。」

「**罪**美。很高興你喜歡。我當時的第一個念頭就是，一定要跟威廉說。你知道，你真的啟發了我，讓我靈感源源不絕地湧現。我向來都說只希望和三種人作朋友：非常有錢的人、非常聰明的人，以及非常美麗的人。親愛的威廉，你可以算是第二種。」

我可以猜到佩格尼茨男爵屬於哪一種。接著，我轉頭四顧看男爵有沒有聽見，但他正忙著。沙發的另一端，他斜倚在一位穿拳擊運動衫的強壯年輕人懷中。那位年輕人正緩緩將一大杯啤酒倒進他的喉嚨。男爵無力地反抗，啤酒濺灑了一身。

我意識到自己的手臂正環著一個女孩。或許她一直都在那兒。她依偎著我，同時另一側則有個男孩正蹩手蹩腳地準備扒走我的錢包。我張嘴要抗議，但想想還是算了。何苦要破壞如此美妙的夜晚呢？歡迎他拿我的錢。我最多也只剩三馬克。反正呢，男爵會買單。那一刻，他的臉就像在顯微鏡下一般清晰無比，而我也是當時才注意到他有在做人工日光浴。他的鼻頭周圍正要開始脫皮。他可真不賴呀！我向他舉杯致意。他的魚眼越過那拳擊手的臂膀閃現一絲微光，頭輕輕動了動。他已經無力言語。等我轉過頭，亞瑟和安妮已不見蹤影。

抱著打算去找他們的模糊意圖，我搖搖晃晃站起身，卻只是捲進突然再次點燃滿室精力的熱舞中。我被人摟腰、圈頸、親吻、擁抱、呵癢、脫個半光。我跟女孩跳，跟男孩跳，跟兩三個人同時跳。大概過了五到十分鐘，我才抵達房間另一頭的門。門後是條漆黑的走廊，只有盡頭溢出一絲光線。走廊塞滿了家具，人只能側身沿著邊緣慢慢前進。我又拖又擠地走到一半時，痛苦的喊叫聲從我前方亮著燈的房內傳了出來。

「不，不要！饒命！喔，老天！救命！救命啊！」

那聲音——不會錯的，他們肯定把亞瑟捉了進去，正在洗劫和毆打他。我早該料到了。我們真傻，竟然跑到這種邪惡的地方鬼混，要怪只能怪自己。酒精讓我勇敢。我奮力擠到門前，一把將門推開。

頭一個映入我眼簾的是安妮。她站在房間中央。亞瑟蜷縮在她腳前的地板上。他又脫去了好幾件衣服，身上的穿著輕便了許多，卻十分合乎現場氣氛：淡紫色絲質內衣、橡膠束腹、一雙襪子。他一隻手拿刷子，另一隻拿著黃色擦鞋布。歐嘉站在他後方，揮舞著一條粗重的皮鞭。

「這也叫乾淨？你這隻豬！」她用恐怖的聲音吼著：「立刻給我重擦！再讓我發現上面有任何一點髒汙，我就抽得你整個禮拜沒辦法坐下。」

她邊說邊在亞瑟屁股上俐落地抽了一記。他發出混雜疼痛與愉悅的尖叫，並發狂似的趕緊對安妮的靴子又刷又擦。

「饒命！饒命！」亞瑟的聲音尖銳又歡欣，時而發出有如幼童聲線的假音。「住手！你會殺了我的。」

「殺你還算便宜你了。」歐嘉回嘴，同時又抽上一鞭。「我要活剝你的皮！」

「噢！噢！住手！饒命！噢！」

他們的聲音大到沒聽見我推開門。不過現在他們瞧見我了。我的出現似乎完全沒有讓他們任何一個感到倉皇失措，而且，亞瑟的情緒顯然更加高漲。

「老天！威廉，救我！你不願意？你跟她們一樣殘忍。安妮，我的愛！歐嘉！瞧瞧她是怎麼對待我的。天曉得她們等一下還會逼我做些什麼！」

「進來吧，寶貝。」歐嘉用老虎似的滑稽腔調吼道。「稍安勿躁！下一個就輪到你了。我會讓你哭著找媽咪！」

她拿鞭子作勢朝我揮了揮，我只能頭也不回地往走廊衝去，而亞瑟歡愉和痛苦的尖叫在我身後窮追不捨。

幾小時後我醒過來，發現自己蜷曲成一團躺在地上，臉貼著沙發腳。我的頭像個火爐，每根骨頭都在痛。派對結束了。有半打傢伙不省人事地四散躺在狼藉的房間內，手腳伸展出各種極端不舒服的姿勢。日光穿過百葉窗的葉片板，在屋內閃爍著。

確認過亞瑟或男爵不在那群躺倒地上的人之列後，我小心翼翼越過他們，走出公寓，下樓，穿過庭院，進入大街。整棟樓似乎滿是醉死的傢伙，我一個人也沒碰見。

我發現自己身在靠近運河的其中一條後街，離默肯橋站不遠，距我租屋處約半小時路程。我沒錢搭電車。反正，走走路對我也比較好。我一跛一跛地走回家，沿途沉悶的街道上皆是飛舞飄揚的紙幡帶。那些幡帶或懸掛在潮濕單調的屋子窗台上，或繫在濕黏的細樹枝上。到家時，女房東迎向我，報告亞瑟已經來電三次打聽我的消息。

「真是位說話得體的紳士呀，我一直這麼認為。而且這麼體貼。」

我附和她，然後上床睡覺。

4

我的房東施洛德女士非常喜歡亞瑟。她跟他講電話時總稱呼他**醫師先生**，這是她表示敬重的最高級尊稱。

「啊，是你啊，**醫師先生**？我當然認得你的聲音，一聽就知道了。今早你聽起來很疲憊。又晚歸？**吶**、**吶**，可別指望我這老太婆會相信你的話哦；我知道你們這些紳士出去尋歡作樂時都是什麼樣子……你說什麼？胡扯一通！你這油嘴滑舌的小子！哎呀，你們男人從十七到七十歲，全都一個樣……**呸**！你真讓我驚訝……不，打死我也不會！哈，哈！你要跟布萊德蕭先生說話？哎，當然，我都忘了。馬上叫他來聽。」

亞瑟來跟我喝茶時，施洛德女士會穿上她那件低胸黑絲絨連衣裙，戴起那串名牌珍珠項鍊。她塗上胭脂，抹了眼影，殷勤地為亞瑟開門，模樣簡直就是滑稽版的蘇格蘭瑪麗女王。我跟亞瑟論及此事，他頗為自得。

「真是的，威廉，你還真刻薄，說話這麼尖酸。我開始害怕你那根舌頭了。真的。」

自此之後，他常稱呼施洛德女士「女王陛下」。「聖女施洛德」則是另一個特別受喜愛的稱謂。

無論多趕，他總是能找出幾分鐘的時間跟她調情，送她花、糖果、香菸，並在漢斯——她嬌弱的金絲雀——的健康狀況起了變化時與她同聲嘆憂。當漢斯最終過世，而施洛德女士流下了眼淚，我以為亞瑟也要哭了。他是發自內心地難過。「老天，老天！」他不斷重複：「大自然真的是非常殘酷。」

我的其他友人對亞瑟就沒那麼熱情。我把他介紹給海倫・普拉特，但那次會面並不成功。那時候海倫是倫敦一家政治週刊的特派員，工作之餘，也翻譯和教教英文賺些外快。我們有時會互相轉介學生。她看似一個外表嬌弱的金髮美女，實則鐵石心腸，擁有倫敦大學學歷，對性的態度相當嚴肅。她習於日夜在男性社會中打滾，也不太需要其他女孩的陪伴。要論拚酒，她可以讓大多數英國記者躺平，有時也真這麼做了，但並非她樂在其中，而是原則問題。她在跟你初次見面的場合就會直呼你的大名，並告訴你她父母在倫敦西區開了間雜貨店。這是她「測試」一個人個性的方法：你的反應最終決定了你在她心目中的評價。最重要的一點：海倫討厭被提醒自己是個女人，除了在床上。

亞瑟完全缺乏應付她這種人的技巧，無奈我發現時已經太遲。他一開始就被她嚇到了。她完全無視所有文雅的小禮節，而正是這些禮節庇護著亞瑟羞怯的靈魂。「哈囉，兩位。」她邊招呼，邊從正閱讀的報紙上隨興伸出一隻手。（我們約好在威廉皇帝紀念教堂後面的一間小餐館碰面。）

亞瑟謹慎地握了握她伸出的手。他不自在地在桌邊磨磨蹭蹭、東摸西摸，等待著他習以為常的儀節。什麼動靜也沒有。他清了清喉嚨，咳了一聲說：

「可容我坐下？」

海倫原本正要大聲朗讀報上的什麼，此時抬頭瞥了他一眼，彷彿早已忘了他的存在，驚訝地發現他怎麼還站在旁邊。

「怎麼？」她問：「椅子不夠嗎？」

我們不知怎地聊起了柏林的夜生活。亞瑟戲謔地咯咯笑了起來。海倫是以統計和心理學角度在談論，於是對亞瑟投以疑惑非難的目光。最後亞瑟神神祕祕地提及「西方百貨公司的名產」。

「喔，你是指那一區的妓女呀。」海倫以女教師在上生物學般就事論事的清晰口吻說道：「會扮裝迎合戀鞋癖的那些？」

「哇，老天爺，哈哈，我得說——」亞瑟笑了笑，又咳了咳，快速撥弄著假髮。「很少遇見如此——容我這麼說，呃——**前衛**，或者該說，呃——**時髦**的年輕女子……」

「天啊！」海倫撇過頭，不快地說：「從以前每週六下午在店裡幫忙我老媽開始，就沒人叫過我年輕女子了。」

「你——呃——來這城市很久了嗎？」亞瑟趕緊問。他隱約意識到自己犯了錯，認為應該要換個話題。我瞧見海倫看他的眼神，知道全完了。

「給你個建議，小布。」後來我們再見面時，她對我說：「千萬別相信那個男的。」

「我不會。」我說。

「唉，我瞭解你，你心腸軟，就跟大多數的男人一樣。你們替人編造一大堆浪漫幻想，因此忽視了他們的本性。你有注意到他的嘴嗎？」

「常常注意。」

「噁，真惹人嫌。我光看就受不了。鬆軟醜陋，像張蟾蜍嘴似的。」

「這個嘛……」我笑著說：「我大概對蟾蜍有莫名的偏愛吧。」

這次的失敗沒讓我氣餒，後來還將亞瑟介紹給弗里茨．溫德。弗里茨是德裔美國人，一個喜愛都市生活的年輕人，休閒時不是在跳舞就是在打橋牌。他對畫家和作家的圈子有種令人難以理解的熱情，並藉著在一家新潮的藝術品經銷商工作，在這些人中取得了一定的地位。那家藝術經銷商沒有付他任何薪水，但弗里茨有錢，負擔得起這嗜好。他對小道八卦之敏感，已經近乎一種才華了，如果當起私家偵探肯定是第一流的。

我們一同到弗里茨的公寓喝茶。他和亞瑟談論著紐約、印象派畫作，以及王爾德未出版的作品。亞瑟機智風趣，而且驚人地博學。弗里茨的黑眼珠閃著光芒，邊聽邊記下嘉言錦句，以供來日使用，而我露出了笑容，感覺愉快又驕傲。我自認得肩負這次會面的成敗，所以有點孩子氣地巴望亞瑟能得到認同。或許，我也希望能藉此徹底、決定性地說服自己。

我們互相承諾很快再見，然後道別。一兩天後，我在街上巧遇弗里茨。從他迎向我那種歡欣鼓舞的模樣，我立即知道他肯定有些格外歹毒的事要告訴我。有一刻鐘的時間，他只是開心地聊著橋牌、夜總會，和最近燃起他熱情的源頭：一位知名的女雕刻家。壞心眼的奸笑隨著他想到正賣著關子的珍貴消息而不斷加深。最後他終於脫口。

「最近還有見到你那位朋友諾里斯嗎？」

「有啊。」我說：「怎麼？」

「沒什麼。」弗里茨慢吞吞地說，雙眼則賊兮兮地盯著我的臉。「只是希望你注意點，如此而已。」

「什麼意思？」

「我聽到一些關於他的奇怪傳聞。」

「喔，真的？」

「或許不是真的。你也知道就是有人愛嚼舌根。」

「我也知道你特別愛聽，弗里茨。」

他咧嘴一笑，絲毫沒因此動怒。「有傳聞說諾里斯其實是個低級的騙子。」

「我得說，低級這個詞似乎不適合套用在他身上。」

弗里茨笑了。一個優越、寬容的微笑。

「我敢說要是你知道他坐過牢，一定會嚇一跳吧？」

「你的意思是，要是知道你的朋友說他坐過牢，我會嚇一跳吧？唔，一點也不會。你的朋友向來口無遮攔。」

他沒回話，只是繼續微笑著。

「他是為了什麼而入獄？」我問。

「我沒聽說。」弗里茨吞吞吐吐。「但我或許猜得到。」

「我可猜不到。」

「小布，聽我說幾句。」他現在語氣一轉，認真了。他將手擱在我肩頭上。「我要說的是，若是只有我們倆，理都不用理，管他去，誰在乎啊？但我們還要顧及其他人啊，是不是？假設諾里斯抓到哪個小子，把他騙得一乾二淨，那怎麼辦？」

「那真是太可怕了呀。」

弗里茨放棄了。他的最後一擊是：「好吧，別說我沒警告過你喔。」

「不會，弗里茨，我肯定不會。」

我們愉快地告別。

或許海倫．普拉特說得對。我一步接一步為亞瑟打造了浪漫的出身背景，並且小心翼翼，唯恐他人打破。的確，我挺享受把玩這個念頭，即他其實是一個不折不扣的危險罪犯；但我很肯定自己從來沒有一刻當真。我這一代的人對於犯罪幾乎個個避之唯恐不及。我固執己見的牛脾氣強化了我對亞瑟的喜愛。如果我的朋友因為他的嘴巴或過去而不喜歡他，那是他們的損失；而我——我往自己臉上貼金——比起他們更具深度，更有人情，總之是一個更敏銳的人性鑑賞家。雖然我在寄回英國的信中，有時會稱呼他「最叫人吃驚的老騙子」，但這麼做只是想為他在我自己心目中增添點光環：膽大妄為又自立自強，不顧一切又鎮靜自若。而這一切，現實中的他顯而易見又令人痛心地無一具備。

可憐的亞瑟！我很少認識神經如此衰弱的人。有時，我相信他肯定為輕微的被害妄想所苦。我彷彿可以見到他如同往常，無聊、茫然而不安地坐在我們最喜愛的餐廳中一個最隱蔽的角落等我；他故作鎮靜地將雙手交疊在膝上，頭部維持著一種傾聽卻彆扭的角度，好似他預期自己隨時會被一聲巨響嚇到。我彷彿可以聽見他在講電話，小心翼翼，盡可能地貼近話筒，音量比耳語更低不可聞。

「哈囉。對，是我。所以你見過那批人了？很好。那我們什麼時候可以碰面？老時間吧，就在有興趣的那個人的屋子。麻煩請另一個人也到場。不、不，是D先生，這尤其重要。再見。」

我笑了。「別人聽到說不定還以為你是什麼大陰謀家哩。」

「真的是椿非常大的陰謀。」亞瑟咯咯地笑著。「才怪。我跟你保證，親愛的威廉，我不過是在討論一些買賣老家具這類的小事。我剛好對此有些——呃——投資上的興趣。」

「那幹嘛要這麼鬼鬼祟祟的？」

「你永遠不知道隔牆有誰的耳。」

「不管怎麼說，肯定沒什麼人會有興趣吧？」

「時至今日，還是小心謹慎為上。」亞瑟一語帶過。

近來，我幾乎已經將他那些「好玩」的書籍全都借閱過了，而大多數都叫人失望透頂。書的作者們怪異地以一種拘謹、勢利、中下階層的語氣敘事，儘管致力於煽情，但到了一些最重要的段落卻令人氣惱地含糊其詞。亞瑟有一整套簽名版的《我的愛戀與人生》。我問他是否認得法蘭克・哈里斯。

「是有些交情，沒錯。都是許多年前的事了。他的死訊對我來說真是晴天霹靂。他是自成一格的天才。多麼風趣的人。我記得他有一次在羅浮宮對我說：『親愛的諾里斯啊，你跟我是世上僅存的紳士冒險家了。』他也可以很尖酸刻薄。凡是曾被他品頭論足一番的人，絕對不會忘記。」

「這又讓我想起——」亞瑟若有所思地說：「已故的迪斯利爵士曾丟給我的一個問題。他問我：『諾里斯先生，你是個冒險家*嗎？』」

＊ 此處與上文的「冒險家」原文同為adventurer，既有愛好冒險者之正面意思，亦有用不正當手段謀求名利者之負面意思，一語雙關。

「多麼莫名其妙的問題啊。這可不叫什麼機智風趣，而叫粗魯無禮。

「我回他：『我們都是冒險家，人生就是場冒險。』答得挺妙，你不覺得嗎？」

「堵他的嘴正好。」

亞瑟靦腆地檢視著指甲。

「我最能言善道的時候通常是在證人席上。」

「你是說這事是發生在審判期間？」

「不是審判，威廉，是訴訟。我當時控告《晚間郵報》誹謗。」

「哦，他們說了你什麼？」

「他們針對一筆交我託管的公款流向做了諸多影射。」

「結果當然是你贏了吧？」

亞瑟小心地摸著下巴。「他們無法證明指控的真偽。我獲判五百鎊的賠償金。」

「你常提誹謗告訴嗎？」

「五次。」亞瑟害羞地承認。「另外有三次是在法庭外私下合解了。」

「而你總是獲得賠償？」

「多少。都是點小錢。名譽無損也就夠了。」

「肯定是相當不錯的收入來源。」

亞瑟擺出不表贊同的手勢。「這就言過其實了點。」

終於，這似乎是我提問的好時機了。

「告訴我，亞瑟，你坐過牢嗎？」

他緩緩搔著下頦，露出他破敗的牙齒，空洞的藍眼深處閃出一絲奇特的神色。也許他是鬆了一口氣。也或許，我甚至猜想，那是他一種感到滿足的虛榮。

「所以你聽說過那件案子了？」

「是的。」我說謊。

「畢竟那時候媒體都大肆報導。」亞瑟靜靜地將手擱在他的傘把上。「你可有機會讀到完整的卷證？」

「不，很可惜沒有。」

「真的可惜。我很樂意借你相關剪報，但很不巧那些剪報在我多次搬遷中全都遺失了。我很想聽聽你公正的意見……我認為陪審團從一開始就對我有偏見。要是當時的我有像現在這麼老道的人生經驗，應該毫無疑問會無罪釋放。我的律師給了相當錯誤的建議。我應該以有理可據做為抗辯，但他向我保證要取得足夠的證據幾乎不可能。法官對我非常嚴厲。他甚至誇張地暗指我涉入某種形式的敲詐勒索。」

「哇！那太過分了吧？」

「確實是。」亞瑟悲傷地搖搖頭。「很不幸地，英國人的法律意識有時並不敏銳，無法明察一些行為中較細微的差別。」

「而你……被判了多久？」

「第二級監獄十八個月。在艾草叢監獄。」

「希望他們有善待你。」

「他們一切照規定來。沒得抱怨……不過，自從我出獄後，就對刑罰改革產生強烈的興趣。我還特意捐款給以此為目標而成立的各種社團。」

亞瑟暫停了一下，顯然沉浸於痛苦的回憶中。「我想……」終於他繼續說：「我可以信心十足地斷定，在整個職業生涯中，就算不是完全沒有，我也鮮少知法犯法……另一方面呢，我一向主張經濟上較富裕但智力上較欠缺的人，貢獻點財力資助我這類人生活，是天經地義之事。我希望你也認同？」

「既然我不屬於較有錢的那群……」我說：「認同。」

「真高興。你知道嗎？威廉，我感覺我們會發現彼此對許多事情的看法一致……說起來真不得了，有那麼多白花花的銀子就躺在那裡，等著人去撿。沒錯，只是去撿起來而已。即便今日也是如此。只是你得有那個眼光去發現。還要有本錢。擁有一定金額的資本絕對是必要的。我哪天一定要告訴你我跟一個美國人做的買賣。他相信自己是彼得大帝的嫡傳後裔。這故事真是太有啟發性了。」

有時亞瑟會談到童年。小時候的他身體孱弱，從來沒有上過學。他是獨子，跟寡母相依為命，非常愛慕自己的母親。他們一同研讀文學與藝術，一同走訪巴黎、巴登巴登、羅馬。他們總是在最上流的社交圈中來去，從德國城堡到法國莊園，再從法國莊園到英國宮殿，所識無不高雅、迷人、有品味。同時，他們也始終掛念著彼此的健康。病臥在相隔一道門的房裡時，他們會要求移動床鋪，以便不用提高音量就能聊天。他們說故事，講笑話，為彼此提振精神，一同度過沉悶不眠的夜晚。療養時，他們坐在遮篷輪椅上，被人推著比肩穿過瑞士琉森的各個花園。

這病痛交織成的牧歌，本質上就注定無法長久。亞瑟必須長大，必須前往牛津，而他的母親必須死。她的愛一直庇護著他直到最後；只要還有一絲意識，她就不准僕人發電報通知他。等僕人最終違背她的命令時，為時已晚。一如她所願，她纖細敏感的孩子得以免於臨終告別的沉重壓力。

母親過世後，他的健康大大好轉，因為他得自立了。他繼承了一小筆財富，相當程度舒緩了他所面對的未知與苦楚。照倫敦九零年代上流社會的生活標準，他的財富至少夠支應十年。可是兩年不到，他錢就花光了。「就是那時候——」亞瑟說：「我首次認識到『奢侈』的意義。從那時起，很遺憾地，我的字典被迫放進了許多其他的詞彙；其中有一些相當醜惡恐怖。」「我希望——」他曾在另一個場合簡單地談到：「自己是現在才擁有那些錢。我會知道該怎麼善用。」那時候他才二十三歲，對此一無所知。金錢以魔法般的速度消失於馬匹的嘴裡和芭蕾舞孃的長襪上。僕役們油膩的手掌也緊握著一把接著一把來的鈔票。金錢轉換成一套套華服，而華服一兩週後又因生厭轉送到男僕手上；或轉換成具有東方情趣的小擺設，但不知怎的，一進了他的公寓就變成生鏽的舊鐵罐；或轉換成最新印象派天才的風景畫，結果隔天早上在日光下一看卻是幼稚的塗鴉。他當年衣冠楚楚又機智風趣，還有燒不完的錢，肯定是社交圈內最搶手的黃金單身漢。殊不知最後榨乾他的不是女人，而是猶太人。

他一位嚴厲的伯父收到了求援，勉為其難解救了他，但有附帶條件。亞瑟必須定下心來攻讀法律。「我捫心自問，自己真的努力過了。我無法形容那有多痛苦。一兩個月後，我不得不採取行動。」當我問他是什麼行動，他又變得沉默寡言。我猜他找到了某個方法，巧妙運用了他社交上的人脈。「當時看來似乎非常卑鄙齷齪。」他隱諱不明地補充。「你知道，我那時是如此敏感的年輕人。不過現在想起來只覺得好笑。」

「我把那一刻當作我事業的起點，而且不像羅得的妻子*，我從不回頭。這些年來有高有低……起起伏伏。高的部分攸關歐洲歷史，低的部分我寧願忘記。好了好了，就如那句眾所周知的愛爾蘭老話，手已經搭上犁了，就得耕下去囉。」

我猜亞瑟所謂的起伏，在那年春天和初夏期間動作得相當頻繁。他向來不太願意討論這些，但他的精神總是充分透露了他的財務狀況。那些「老家具」（或不管實際上是什麼）的買賣似乎提供了暫時的喘息。而五月，他短暫去了趟巴黎回來，顯得興高采烈，並小心翼翼地說有好些機會「只欠東風」。

這些交易的背後，都有施密特那邪惡、頭如南瓜的形影在移動。亞瑟相當坦白地告訴我，他對

＊ 舊約聖經人物，罪惡之城索多瑪被上帝毀滅前，天使通知羅得一家逃離，並叮囑途中不可停留或回頭，但羅得之妻禁不住回望，隨即化成一根鹽柱。

這位祕書感到害怕，而這一點也不奇怪。施密特太有用了；他已將主人的利益跟自己的利益劃上了等號。他是那種不僅有能力，還積極樂於替雇主幹髒活的人。從亞瑟偶爾不經意透露出來的蛛絲馬跡，我逐漸摸清了這位祕書的職責和才華。「對我們這階層的人而言，要對某些對象說某些話，實在非常難以啟齒。那會傷害我們纖細的情感。人真得非常殘酷才行啊。」這一點，施密特似乎不覺困難。他隨時準備好對任何人說任何話。他帶著鬥牛士的勇氣和技巧正面迎向債主。亞瑟再怎麼亂槍打鳥，他也都能貫徹到底，並且就像叼著鴨子回家的獵犬般捧著錢回來。

施密特掌控並負責發放亞瑟的零用錢。有很長一段時間，亞瑟不願承認這點，但這根本是不言而喻的事。有些時候，他連坐公車的錢都不夠；還有些時候他會說：「等一下，威廉，我有東西忘了，得上樓去拿。不介意在樓下等我一分鐘吧？」而通常，他差不多一刻鐘之後才會回來，可能深感沮喪，也可能容光煥發，就像個意外收到大筆小費的打工學生。

另一個我習以為常的說詞是：「我現在恐怕無法請你上樓。屋裡太亂了。」我很快就發現這話的意思是施密特在家。亞瑟害怕尷尬場面，總是盡可能避免我們碰面；從我首次造訪之後，我們倆對彼此的厭惡就與日俱增。我想，施密特不只是討厭我，還認定我會對他雇主造成有害且令人不安的影響，因而敵視我。他從來沒有真的劍拔弩張，只是掛著那無禮的微笑，並以踩著那雙踏地無聲的鞋，突然出現在房內為樂。他會一聲不響站在那兒幾秒鐘，然後突然開口，嚇得亞瑟跳起來驚呼。他連續這樣做了兩到三次之後，亞瑟的神經已緊張到無法有條不紊地談論任何事了，於是我們只好撤退到最近的咖啡館繼續談。施密特會幫他的主人穿上大衣，虛情假意地欠身送我們出公寓，然後為成功達到目的而暗自滿足。

六月，我們去跟佩格尼茨男爵共度長週末；他邀我們去梅克倫堡一個湖岸邊的鄉間別墅玩。別墅中最大的一間房是健身房，裡頭配備了最新的健身器材，讓男爵盡情享受雕塑身材的嗜好。他每天在電動馬、划船機，和一條旋轉按摩帶上折磨自己。天氣非常熱，我們全都下水游泳，就連亞瑟也是。他戴了頂橡皮泳帽；他私下在自己臥室裡仔細調整過了。屋內滿是英俊的年輕男子，個個身材健美非常，展現著塗了油在太陽下烤曬幾小時後的古銅膚色。他們吃東西狼吞虎嚥，餐桌禮儀讓亞瑟痛心疾首；其中多數人說話時帶著極重的柏林口音。他們在沙灘上摔角、打拳擊，從跳板上翻滾躍進湖中。男爵每個活動都湊上一腳，並經常嚴重遭人擺布。男孩們帶著純真的野蠻，對他極盡惡作劇之能事，打破了他的備用鏡片，也差點弄斷他的頸子。他只是以英雄般冷酷的微笑承受這一切。

我們造訪的第二天晚上，他擺脫了那群人，跟我獨自到樹林中散步。當天早上，那群人才把他置於毯子中拋來拋去，最後將他摔在柏油地面上。現在，他走起路來還有點重心不穩。他的手沉重地搭上我的臂膀。「等你到了我這年紀——」他憂傷地跟我說：「就會發現生命中最美好的事物是心靈。單靠肉體並不能讓我們得到幸福。」他嘆了口氣，並在我手臂上輕輕一捏。「我們的朋友庫諾非同小可。」一同坐火車回柏林的途中，亞瑟論道：「有些人相信他會飛黃騰達。若他在下一屆政府中位居要職，我一點也不會驚訝。」

「不會吧？」

「我認為——」亞瑟側著頭，謹慎地瞥了我一眼。「他對你有極大的好感。」

「是嗎？」

「我有時候覺得，威廉，以你的才華，沒有更野心勃勃實在可惜了。年輕人應該善加把握機會。以庫諾的身分地位，他可以提供你各種形式的幫助。」

我笑了。「你的意思是，幫助我們兩個吧？」

「好吧，你要這麼說也沒錯。我承認我在其中的確預見了某些好處。但不管我有什麼過錯，希望至少不是個偽君子。說不定，他會請你當他的祕書。」

「真抱歉，亞瑟。」我說：「如此重責大任我恐怕擔當不起。」

5

接近八月底，亞瑟離開了柏林。他的離去瀰漫著一種神祕的氛圍；我壓根兒不曉得他曾有這個打算。我打電話到他公寓兩次，都在我很肯定施密特不會在的時候。廚子赫爾曼只知道老闆歸期未定。第二次打去的時候，我問他去了哪裡，得到的答案是倫敦。我開始擔心亞瑟會永久離開德國了。他無疑有充分的理由這麼做。

然而，九月第二週的某日，我住處的電話響了。亞瑟本人在線上。

「是你嗎，老弟？是我。我終於回來啦！我有好多事要跟你說。拜託別說你今晚已經有約了。沒有吧？那你六點半左右能到附近來嗎？可以先告訴你，我準備了一點小驚喜要給你。不行，我不會再多說了。你得親自來看看。**再見啦**。」

我抵達公寓時，亞瑟神采奕奕。

「親愛的威廉，真高興再次見到你呀！近來如何？還是老樣子？」

亞瑟嘻嘻作笑，搔著下巴，目光迅速且不安地掃視房間，彷彿還不能確定所有的家具仍在該有的位置。

「倫敦的情況如何？」我問。雖然他在電話上說了那麼多，但現在似乎不是特別想交際閒聊。

「倫敦？」亞瑟一片茫然。「哦，對。倫敦……老實跟你說，威廉，我不在倫敦。我在巴黎。就目前而言，我會希望讓這裡的某些人稍稍難以掌握我的行蹤。」他停頓一下，然後感人地補充：「不過你畢竟是我非常要好又親密的友人，應該可以告訴你。我這一趟跟共產黨不無關聯。」

「你的意思是你成為共產黨員了？」

「有實無名，威廉。沒錯，有實無名。」

他沉默了一會兒，享受著我的震驚。「更有甚者，我今晚請你來，是要你親眼見證我所謂的信仰宣言。我一小時之後會在一個反對剝削中國農民的集會上發表演說。希望你能賞光。」

「那還用說。」

集會在新克爾恩區舉行。亞瑟堅持要坐計程車過去。他正處於一種想要揮霍的情緒之中。

「我覺得……」他說道：「日後回想，今晚會是我人生的轉捩點之一。」

他的緊張顯而易見，不斷撥弄著手上那疊紙，也偶爾不悅地看向計程車的窗外，好似就要開口請司機停車。

「想必你的人生有很多個轉捩點。」我開口，好分散他的注意力。

聽到這帶有奉承意味的話，亞瑟立即面露喜色。

「的確，威廉，的確如此。假若我的人生今晚就要結束（我由衷希望不會），我也可以老實地說：『無論如何，我真真切切地活過了。』……真希望你認識早先時候，就是戰前，在巴黎生活的我。我有自己的車，在郊區還有間公寓。那公寓可是自成一格的名勝。臥室是我親手設計的，全是深紅與黑色。我收藏的鞭子大概無能人比。」亞瑟嘆了口氣。「我天性敏感，對周遭環境會有即時的反應。當太陽照耀著我，我就會伸展開來。要見識我的最佳狀態，就得讓我置身在合適的環境中：好的桌子、好的酒窖、藝術、音樂、美麗的事物、風趣迷人的朋友，然後我就會開始發光發亮，徹底改頭換面。」

計程車停下，亞瑟毛躁地付了車資。我們穿過一個完全暗下且空無一人的廣大啤酒花園，進入空蕩蕩的餐廳。一名年長的侍者告知我們集會在樓上舉行。「不是第一道門喔。」他補充：「那是九柱遊戲俱樂部。」

「老天！」亞瑟驚呼：「我們恐怕來得太晚了。」

他說得對，集會已然開始。攀爬著晃動的寬闊樓梯時，可以聽見演講者的聲音在破落的長廊上迴盪。兩個身材壯碩、配戴錘子和鐮刀臂章的年輕人守在雙開門前。亞瑟低聲匆匆解釋，然後他們就讓我們通過。亞瑟緊張地掐著我的手。「回頭見了。」我在眼前最近的一張空椅坐下。

會堂又大又冷，裝潢成俗麗的巴洛克風格。這會堂或許是三十年前建造的，而且從那之後就沒再重新粉刷過。天花板上有繁多粉紅、藍色、金色的小天使圖樣，玫瑰及雲朵已經剝落，顯露出濕氣。四面牆垂掛著鮮紅色的橫幅，上頭有白色的字體書寫著：「**工人陣線反法西斯戰爭**」、「**我們要工作和麵包**」、「**世界勞工大團結**」。

講者們坐在台上的一張長桌後面，面對觀眾。他們的背後是一張繪有林間綠地的破爛布幕。台上有兩名中國人，一名正在做速記的女孩，還有位滿頭亂髮的憔悴男子雙手撐著頭，彷彿在聽音樂。在他們前方，一名矮小、寬肩的紅髮男子危險地站在講台邊緣，像揮舞旗幟般對我們揮舞著一張紙。

「同志們，這些人就是見證。你們已經聽到他們說的了。不證自明，對吧？我也不用再多說什麼了。明天，你們就會在《世界晚報》上讀到。這些內容不適合上資本主義的報紙，即使要上也上不了。那些老闆們的報紙不會登這些，因為要是登了，可能會惹毛證券交易所。這樣是不是很可惜？沒關係。工人們會讀到。工人們會有自己的想法。讓我們將此訊息傳遞給中國的同志們：德國共產黨的勞工們抗議日本劊子手的暴行。工人們聲援中國成千上萬無家可歸的農民。同志們，國際勞工聯盟中國分部懇請我們提供資金，對抗日本帝國主義及歐洲人的剝削。幫助他們是我們的義務。我們要幫助他們。」

紅髮男子邊說邊露出微笑，一個充滿戰鬥與勝利意味的微笑，而他的眼白，甚至牙齒都在燈光下閃爍。他手勢擺動的幅度細微，但驚人地有力。儲存在他矮小結實身軀中的那股龐大精力，不時就像馬力過強的電動自行車，幾乎要把他整個人甩下台。我在報紙上見過他的照片兩三次，但想不起他是誰。從我坐的地方很難聽清他說的每句話。巨大的回聲充塞寬闊、潮濕的會堂，不斷蓋過他自己的聲音。

現在，亞瑟出現在講台上了。他匆匆與中國人握手、致歉，忙亂地找到自己的位子。隨著紅髮男子的最後一句話脫口，台下爆出一片掌聲，而這明顯讓亞瑟嚇了一跳。他猛然坐下。

趁著聽眾鼓掌，我往前幾排移動，擠進前方一個空座位，好聽得清楚些。我坐下的時候，感覺有人拉我的衣袖。是安妮，那個長靴女孩。我認出坐在她旁邊的人，就是除夕夜在歐嘉那兒灌庫諾啤酒的男孩。他們倆似乎都很高興見到我。男孩握手時的手勁之強，讓我幾乎快喊出聲來。

會堂裡擠滿了人。聽眾身著髒兮兮的日常衣服坐在堂中。他們多數人穿著馬褲搭配粗毛線襪，上半身則是毛衣和鴨舌帽。他們的目光追隨講者，閃著飢渴的好奇心。我從未參加過共產黨集會，而眼前最打動我的，是一排排仰望的臉上，那毫不動搖的專注。那是柏林勞工階級的臉，蒼白且早生皺紋，常顯憔悴和清苦；他們稀疏的金髮自寬闊的前額向後梳，一如學者的頭。他們來這裡不是為了見到彼此，不是要被看見，甚至不是要盡什麼社會責任。他們全神貫注，卻不被動。他們不是觀眾。他們帶著一種渴望但克制的熱情，投入紅髮男子的演說中。他替他們發聲，讓他們的想法清晰可聞。他們正在傾聽著彼此共同的心聲，間或不由自主地突然猛力鼓起掌來。他們的熱忱，他們的意志力叫我激動。我在局外旁觀。或許有一天，我也該加入其中，背棄自己的階級，背棄那些受劍橋時期的無政府主義演講，及堅信禮時的口號，還有十七年前父親的部隊往火車站行進時樂隊奏的曲子，而攪得混淆不清的情感。矮個兒男子演說完畢，在如雷掌聲中回到自己桌後的位子。

「他是誰？」我問。

「什麼，你不知道嗎？」安妮的朋友驚呼。「那是路德維希・拜爾。我們之中最傑出的人。」

這位男孩叫奧托。安妮介紹我們認識，於是又得再來一次那幾要斷骨的握手。奧托和安妮交換位置，好跟我說話。

「你前幾天晚上有到體育宮嗎？老兄，你真該去聽聽！他講了兩個半小時，連一口水都不用喝。」

一名中國代表現在應介紹之詞而起身。他說得一口謹慎、標準的德語，一字一句就如同亞洲樂器幽微、憂傷的絃音般，傾訴著饑荒、洪水、日軍空襲無助城鎮的故事。「德國同志們，我從不幸的國家帶來了悲傷的訊息。」

「我的老天爺！」奧托低語，深受打動。「那裡一定比我姑媽在西蒙街的住處還慘。」

時間已是九點一刻。中國人之後，輪到那名滿頭亂髮的男子。亞瑟越來越不耐煩。他不斷瞥著手錶，還偷偷摸起自己的假髮。接著，第二位中國人上台。他的德語不如他的同胞，但聽眾仍一樣熱切地聆聽。看得出來，亞瑟已經快氣瘋了。終於，他起身繞到拜爾的座位後方，彎下腰，開始激動地耳語。拜爾面露微笑，友善地做了個安撫的手勢。亞瑟似乎很受用，半信半疑地回到自己的位子，但很快又開始坐立不安。

中國人終於說完了。拜爾立刻起身，把亞瑟當小孩鼓勵似的牽起他的手臂，引他到台前。

「這位是亞瑟．諾里斯同志。他要來跟我們說說英國帝國主義在遠東所犯下的罪行。」

對我而言，他站在那兒是如此荒謬的光景，我很難保持一臉正經。我真的無法理解會堂裡的其他人為何沒有爆笑出聲。但真沒有，聽眾顯然不覺得亞瑟有何可笑之處。就連安妮，這個比在場任何人都更有理由從滑稽角度看待他的人，也是滿臉嚴肅。

亞瑟清了清嗓子，翻弄著自己的紙頁，然後開始用流利、藻飾的德語講話，不過速度稍嫌過快。

「自從協約國政府的領袖們，以他們無與倫比的智慧，挑定一天簽下那無疑有如天啟般充滿靈光的凡爾賽條約之後，自從那天起，我重申……」

一陣彷彿出於不安的輕微騷動，傳過一排排的聽眾。但那些蒼白、認真、朝上仰望的臉並不帶一丁點的諷刺。他們毫不懷疑地接受這位文質彬彬的布爾喬亞紳士，接受他時髦的服裝，他資產階級式優雅的機智。他是來幫助他們的，拜爾也支持他，那他就是他們的朋友。

「過去這兩百年來，英國帝國主義致力於贈送三大禍福難料的救濟予其受害者，分別是：聖經、酒精及炸藥。而這三樣之中，我或許可以大膽地說，炸藥理當是最無害的。」

這句話引發了一些掌聲，遲來、猶疑的掌聲。聽眾好像贊同他的論點，卻仍對他的舉止抱有疑慮。他明顯受到鼓舞，便繼續說：「這讓我想起一個故事：英國人、德國人和法國人打賭，看誰可以在一天之內砍下最多棵樹。法國人頭一個嘗試……」

故事結尾時，現場爆出笑聲及響亮的掌聲。奧托樂得猛捶我的背。「天啊！這傢伙的嘴可真厲害，對吧？」然後他再次傾身聆聽，目光專注於講台上，手臂環繞著安妮的肩膀。亞瑟的語氣從優雅的戲謔轉為嚴肅的雄辯，逐步邁向演說的高潮：

「今晚我們坐在這會堂裡，耳際迴盪著中國農民飢寒交迫的呼救聲。這些求救聲橫跨半個地球來到我們面前。希望很快，他們的聲音會更加響亮，蓋過外交官們無用的場面話，以及伴舞樂隊在豪華酒店的賣力演奏。而在那些酒店中，軍火製造商的妻子們正撥弄著一顆顆用無辜孩童的血換取而來的珍珠。沒錯，我們要讓歐洲和美國每一個有理性的人都清楚聽見這些哭喊。到那時候，也只有那時候，才能終止這毫無人性的剝削，這活生生的靈魂交易……」

亞瑟以強而有力的手勢結束演說。他滿臉紅光，熱烈的掌聲一波接一波襲捲會堂，還有許多聽眾高聲喝采。掌聲正盛，亞瑟就走下講台，來到門邊跟我會合。聽眾齊轉頭看著我們出去。奧托和安妮也跟我們一同離開了會場。奧托擰著亞瑟的手，並用那厚重的手掌結結實實賞了亞瑟的肩頭幾記拍打。「亞瑟，你這老傢伙！真有一套啊！」

「謝謝你，老弟。謝謝。」亞瑟邊退避邊說。他很自豪。「他們反應如何，威廉？不錯吧，我想？我希望有清楚表達到重點？拜託跟我說有。」

「說老實話，亞瑟，我驚訝地合不攏嘴。」

「你人真好。從你這麼嚴厲的批評家口中得到讚美，真是如聞天籟呀。」

「我不知道你原來對演講這麼有經驗。」

「在我風光的時候——」亞瑟靦腆地承認：「有許多在公眾面前講話的機會，不過很少有場面像今天這麼盛大的。」

我們在公寓吃了頓冷餐。施密特與赫爾曼都出門了，是奧托與安妮泡茶擺桌。他們似乎熟門熟路，很清楚廚房裡每樣東西擺放的位置。

「奧托是安妮挑選的護花使者。」亞瑟在他們倆離開房間時解釋。「在別行，他會被稱作她的經紀人。我相信他有從她的收入抽取一定比例的佣金。我不喜歡問得太詳細。他是個好孩子，但極度愛吃醋。幸運地，不是對安妮的客戶吃醋。我可怎樣都不想上他的黑名單。據我瞭解，他是所屬拳擊俱樂部的中量級冠軍。」

餐點終於準備好了。他手忙腳亂，拚命下指令。

「可以請安妮同志幫我們拿些杯子來嗎？她人真好。我想舉杯慶祝這個夜晚。如果奧托同志不嫌麻煩，我們甚至可以來一點白蘭地。我不知道布萊德蕭同志喝不喝白蘭地。你最好問問他。」

「在如此歷史性的時刻，諾里斯同志，我什麼都喝。」

奧托回報已經沒有白蘭地了。

「無妨。」亞瑟說：「白蘭地不是無產階級的飲品，我們喝啤酒。」他為我們倒酒。「敬世界革命。」

「敬世界革命。」

我們以杯碰杯。安妮優雅地啜飲，手指夾著杯把，小指還故作斯文地翹起。奧托一飲而盡，砰的將平底杯重重砸在桌上。亞瑟的啤酒流錯邊嗆到了他。他咳嗽，口沫四濺，一頭鑽進了餐巾。

「這恐怕是不祥之兆喔。」我開玩笑地說。他似乎相當不快。

「請別說這種話，威廉。我不喜歡聽到有人說這種話，即使只是個玩笑。」

這是我頭一次發現亞瑟迷信。我樂不可支，對此也印象深刻。他顯然有很壞的聯想。難道他真的經歷過某種宗教洗禮？難以相信。

「你成為共產主義者很久了嗎，亞瑟？」開始用餐後，我用英文問道。

他稍微清清喉嚨，不安地朝門的方向瞥了一眼。

「在內心裡，是的，威廉。可以說我一直都覺得，在最深層的意義上，我們所有人皆兄弟。階級區隔對我而言從來就沒什麼意義，對暴政的深惡痛絕也一直存在我的血液之中。我甚至在幼年，就已無法忍受任何形式的不公不義了。那觸犯了我的美學，如此愚蠢又如此醜陋。我還記得第一次受到褓母不公正的懲罰時，內心作何感受。讓我憤慨的不是懲罰本身，而是那背後的笨拙與想像力的匱乏。我記得，那傷害我非常之深。」

「那你為何沒有早點加入共產黨？」

亞瑟突然面無表情，以指尖敲著太陽穴。

「時機尚未成熟。時候未到。」

「那施密特對此有什麼看法？」我調皮地問。

亞瑟二度匆匆地朝門一瞥。如我所料，他心裡七上八下，深恐這位祕書會突然走進來。

「就目前而言，施密特和我對此事的看法恐怕不太一致。」

我咧嘴一笑。「不過想當然耳，你很快就會讓他改觀吧。」

「別說英文了，你們兩個。」奧托高聲道，並有力地推了我肋骨一把。「安妮跟我也要聽笑話。」

餐間我們喝了很多啤酒。我的腳步肯定有點不穩，因為當我用完餐起身，竟撞倒了自己坐的那張椅子。椅座底面貼了一張標籤，上面印著數字六九。

「這是幹嘛的？」我問。

「喔，那個呀？」亞瑟慌忙地說道，看上去非常倉皇失措。「那只是原本出售的商家自己給商品編的號碼。肯定一直都在那兒……安妮，寶貝，可以麻煩你跟奧托行好，把一些東西收拾到廚房，擱在水槽裡嗎？我不想留太多東西給赫爾曼明早收。他會跟我嘔氣一整天的。」

「那標籤是要幹嘛的？」他們一出房間，我就溫和地重複提問。「我想知道。」

亞瑟憂傷地搖了搖頭。

「唉，親愛的威廉，什麼都逃不過你的法眼。我們又有一樁家務隱私曝光了。」

「恕我駑鈍，什麼隱私？」

「我很樂見你年輕的生命從未受如此齷齪的經驗所玷汙。在你這年紀，說來遺憾，我就已經跟某種紳士相熟了。現在這屋裡的每件家具都可找到對方的署名。」

「老天爺，你是指查封官嗎？」

「我比較喜歡稱他為**執達吏**。好聽多了。」

「可是，亞瑟，他什麼時候要來？」

「很遺憾，他幾乎每天早上都來。有時候下午也來。不過他很少碰到我在家。我寧可讓施密特去應付他。據我觀察，他似乎是個少有或根本沒有文化的人。我懷疑我們兩人會有任何交集。」

「他很快就會把所有東西都拿走嗎？」

亞瑟似乎很享受我的驚慌，一副置身事外的樣子抽著菸。

「下週一吧，我猜。」

「太可怕了！沒有辦法了嗎？」

「哦，肯定有辦法。**總會**有辦法解決的。我可能不得不再次拜訪我的蘇格蘭朋友，艾薩克斯先生。艾薩克斯先生跟我再三強調他是來自一個古老的蘇格蘭家族，因弗內斯的艾薩克斯家族。我頭一次有幸見到他時，他幾乎要擁抱我。他說：『啊，我親愛的諾里斯先生，你是我的同鄉呀。』」

「可是，亞瑟，去找放高利貸的只會讓你陷入更深的困境呀。這種情況持續很久了嗎？我一直以為你很富有。」

亞瑟笑了。

「我是很富有，希望如此，不過是精神上的……親愛的老弟，別為我大驚小怪。靠著點小聰明，這種日子我也過了將近三十年之久啦，而且打算繼續這樣過下去，直到蒙主寵召，去跟我那些恐怕不太討人喜歡的父祖先輩們作伴。」

我還沒來得及再追問，安妮跟奧托就從廚房回來了。亞瑟興高采烈地招呼他們，而安妮很快就坐上了他的膝蓋，又摑又咬地阻止他佔便宜。至於奧托，他已脫下外套，捲起袖子，專心一意地想要修好留聲機。這幅家居場面似乎沒有我的位置，於是我趕緊告辭。

奧托帶著鑰匙下樓，替我開大門。道別時，他嚴肅地舉起緊握的拳頭行禮：

「紅色陣線。」

「紅色陣線。」我回答。

上。

6

那次聚會後不久，一天早上施洛德女士拖著步子十萬火急地衝進我的房間，跟我說亞瑟正在線上。

「一定是很嚴重的事情。諾里斯先生連聲早安都沒跟我說。」她非常在意，而且有點受傷。

「哈囉，亞瑟。怎麼啦？」

「我的老天爺，親愛的老弟，現在別多問。」他的語氣急躁不安，速度快得我幾乎聽不懂他在說什麼。「我受不了了。我只想知道，你能馬上過來嗎？」

「唔……我十點有學生要來。」

「不能改期嗎？」

「事情有這麼嚴重嗎？」

亞瑟受到了刺激，微微怒吼著：「有這麼嚴重嗎？親愛的威廉，麻煩你發揮一下想像力。事情不嚴重的話我會在這種鬼時間打電話給你嗎？我只問一句：行，或不行。如果是錢的問題，那好解決，我很樂意付你平常的終點費。你都收多少？」

「夠了，亞瑟，別說傻話。如果是急事我當然會過去。我二十分鐘後到。」

我發現公寓的門全都大開，就逕自走了進去。看來亞瑟一直像隻慌張的母雞在房與房之間衝來闖去。此刻，他人在客廳，已著好裝準備出門，正焦急地要戴手套。赫爾曼跪在玄關一個櫥櫃前，悶悶不樂地在翻找什麼。施密特倚著書房門口，唇間叼了一根菸。他一點也沒有要幫忙的意思，而且顯然相當樂見自己的雇主如此苦惱。

「啊，威廉，你終於來了！」一見到我，亞瑟就高喊。「我還以為你不會來了。哎，天啊，天啊！已經這麼晚了嗎？別管我的灰色帽子了。跟我來，威廉，一起來。我在路上會跟你解釋一切。」

出門的時候，施密特給了我們一個令人不快的嘲諷微笑。

等我們舒適地安座在巴士的上層後，亞瑟也變得比較鎮定、有條理。

「首先——」他迅速摸遍身上所有口袋，翻出一張折疊好的紙。「請讀讀這個。」

我看著那張紙。那是張政治警察的傳票，要求亞瑟．諾里斯先生於當天下午一點前到亞歷山大廣場報到。上面並沒有寫明要是他沒照做會怎樣。措詞官樣正式且冰冷有禮。

「老天爺，亞瑟。」我說：「這到底什麼意思？你最近又幹了什麼？」

儘管惶惶不安，亞瑟仍適度展現出某種自負。

「我自認與第三國際的代表——」他壓低嗓音，目光快速掃過同車乘客。「與他們的來往並非完全徒勞無功。聽說我的努力甚至在莫斯科的某些地方激起了讚許的聲音……我跟你說過，對吧，說過我去了趟巴黎？對、對，沒錯……這個嘛，我在那邊有個小任務得完成。我跟某些位居要職的人物談了話，並帶回一些指示……現在別管這個了。無論如何，顯然這兒的政府當局消息比我們估計的更靈通。這是我必須去弄清楚的。整個問題非常棘手，我得小心，可千萬不能洩漏口風。」

「也許他們會對你嚴刑逼供喔。」

「哎，威廉，你怎麼能說這麼恐怖的話？害我頭都暈了。」

「可是，亞瑟，這想必……我的意思是，你不會有點樂在其中嗎？」

亞瑟笑了。「哈哈，哈哈哈哈。威廉，我真得說，即便在最黑暗的時刻，你的幽默總是能萬無一失地讓我元氣大振……好吧，好吧，要是審問是由安妮小姐，或其他同樣迷人的年輕女士執行，我或許會帶著——呃——非常複雜的情感受審。沒錯。」他不自在地搔著下巴。「我很需要你精神上的支持。你務必要陪同，並握著我的手。而若是這個——」他緊張地朝肩後瞥了瞥。「這個面談結束得不太愉快，就得麻煩你去找拜爾，把發生的事情一五一十告訴他。」

「好，我會的。放心。」

當我們在亞歷山大廣場下車，可憐的亞瑟顫抖不已，於是我建議先找間餐廳喝一杯白蘭地。我們坐在一張小桌子邊，凝望著道路對側一大塊灰褐色的警政機關建築。

「敵人的堡壘。」亞瑟說：「得靠可憐的我去闖一闖，單槍匹馬。」

「記住大衛與歌利亞*。」

「唉呀，恐怕聖經詩歌的作者與這個早上的我沒什麼共通之處。我倒感覺比較像是隻即將被壓路機輾平的甲蟲……奇特的是，我從早年開始，就對警察有種出於直覺的反感。他們制服的式樣令我不快，而德國的頭盔不只醜陋，更有種說不出來的邪惡。光是看著他們用那缺乏人性的陳腐字跡填寫公文，我就感覺胃在下沉。」

「我懂你的意思。」

亞瑟開懷了點。

「我很高興有你的陪伴，威廉。你這麼富有同情心。在這赴往刑場的早上，我想不出比你更好

＊舊約聖經中少年大衛斬殺巨人歌利亞的知名故事。後引喻為以小搏大。

的隨行者了。跟那個可惡的施密特正好相反。他只會幸災樂禍。最讓他感到痛快的，就是他終於能理直氣壯地說——我早跟你說了吧。」

「說到底，他們在裡面也不能對你怎樣。他們只會對工人動手。記住，你跟他們的主子是同一階級的。你必須讓他們知道這點。」

「我會盡力。」亞瑟懷疑地說。

「再來杯白蘭地？」

「唔，好吧，再來一杯。」

第二杯白蘭地起了奇妙的作用。我們自餐廳走入寂靜、濕冷的秋日早晨，手挽著手滿臉笑容。

「勇敢點，諾里斯同志。想想列寧。」

「哈哈，恐怕我從薩德侯爵身上會得到更多鼓舞。」

但警察總部的氛圍讓他清醒了不少。隨著憂慮與沮喪漸增，我們徘徊在狹長的石造走廊，走廊上一扇扇門都標了號；也受誤導在一層層樓梯中上上下下，撞上各個攜帶著鼓脹的犯罪資料夾，行色匆匆的警官。最後我們來到中庭。一抬頭，視線所及盡是加裝粗重鐵條的窗戶在俯瞰著我們。

「老天，老天！」亞瑟呻吟著。「我們這次恐怕是自投羅網了。」

這時，上方傳來一聲尖銳的口哨。

「哈囉，亞瑟！」

奧托正從高處一扇上了鐵條的窗戶往下望。

「他們逮到你什麼啦？」他逗趣地大喊。我們倆還來不及回答，便有道穿著制服的人影出現窗邊，把他推走。這幻影既短暫又惹人不安。

「他們似乎將整幫人都一網打盡了。」我笑著說。

「的確不尋常。」亞瑟心神不寧地說：「不知道……」

我們穿過一道拱門，登上更多階梯，進入一個滿是小房間和陰暗走道、狀似蜂巢的地方。每層樓都有幾個臉盆，漆成健康的綠色。亞瑟看了看他的傳票，找到他應該報到的房間號碼。要分開時，我們匆匆低語了幾句。

「待會兒見，亞瑟，祝你好運。我會在這裡等你。」

「謝謝你，老弟……萬一事情真的往最糟的情況發展，也就是我走出這個房間時戴著手銬，除非我先開口，否則你千萬別跟我說話或表示認識我。別把你捲進來或許比較明智……這是拜爾的地址，萬一你得自己一個人去的話。」

「我相信沒這個必要。」

「還有一件事我得跟你說。」亞瑟的態度有如正要登上斷頭台的人。「如果我今天早上在電話裡表現得有點急躁，那真是抱歉。我當時心煩意亂……如果我們得有一陣子見不到面，我不希望你因此對我留下了壞印象。」

「別胡說了，亞瑟。我當然不會。快去吧，把這事做個了結。」

他握了握我的手，再怯生生地敲門，走了進去。

我坐下來等他。我頭上有張血紅色的海報，公告舉發殺人凶手的賞金。我的長椅上還坐了一名肥胖的猶太貧民律師及他的客戶：一名淚眼汪汪的小妓女。

「你只要記得——」他不斷耳提面命：「你六號晚上之後再也沒見過他就好。」

「但他們總有辦法問出來的。」她抽抽噎噎地說：「我知道他們有辦法。他們會用那種眼神看著你，然後突然丟出一個問題——你根本沒有時間思考。」

將近一小時後，亞瑟才再度現身。我立刻從他的表情看出面談並沒有預期的糟。他連聲催促。

「走吧，威廉，快走。我不想在這裡多待一秒。」

出到街上，他招了輛計程車，吩咐司機開往凱瑟霍夫酒店，並一如往常地補充道：

「不趕，沒必要開太快。」

「凱瑟霍夫！」我驚呼。「我們要去拜訪希特勒嗎？」

「不，威廉。不是去找他……雖然，我承認，混進敵營對我來說有某種樂趣。你知道嗎？我最近還刻意跑去那裡修指甲。他們有非常好的師傅。不過，今天我的目的完全不同。拜爾的辦公室也在威廉大街上。不過，從這裡直接開過去似乎不怎麼謹慎。」

於是，我們搬演了一小齣聲東擊西的荒謬劇：走進酒店，在會客廳喝了杯咖啡，瀏覽著早報。讓我失望的是，我們沒有見到希特勒或其他納粹領導人。十分鐘後，我們再次回到大街上。我發現自己快速斜睨著左右兩側，尋找可能是偵探的人物。亞瑟對警察的執迷極有傳染力。

拜爾棲身於公寓頂層一間凌亂的大房中。該公寓位在茲瑪街之後，屬於較破落的樓房，跟亞瑟所謂的「敵營」，我們剛離開的那間四壁襯墊、昏黃豪華的酒店，確實形成顯著的對比。公寓房門長期都不關。屋內四壁懸掛著德語和俄語的海報、群眾集會跟遊行的通告、反戰連環漫畫、工業區的地圖，以及標示罷工規模和進展的圖表。地板上光禿禿的一片，沒鋪地毯，也沒有上漆。房間迴響著打字機的喀喀聲。各種年紀的男女進進出出，有的坐在翻過來的糖盒上聊天，等候會見。他們個個耐心、愉快、輕鬆自在。每個人似乎都互相認識，即使看見新面孔，也幾乎總是直呼其名，就連對陌生人也會直稱「你」。香菸是人手一根。地上散落著被踩扁的菸蒂。

在這不拘禮節、令人愉快的日常即景中，我們發現拜爾正在一間狹小破舊的房間裡，對著一名女孩口授一封信。我曾在新克爾恩集會的講台上見過那女孩。拜爾似乎很高興見到亞瑟，但並不特別感到訝異。

「啊，親愛的諾里斯，有什麼我能效勞的嗎？」

他說的英語頓挫鮮明，且帶有強烈的外國口音。我從沒見過這麼漂亮的一口牙。確實，他和亞瑟的牙齒各有其出眾之處，或許該將兩副牙並排陳列在牙齒博物館內，作為經典對照。

「你已經見過他們了？」他又問。

「對。」亞瑟說：「我們剛從那邊過來。」

那位女祕書起身走出房間，順便帶上門。亞瑟戴著手套的高雅雙手正經地擱於大腿上，開始述說他在警局跟官員面談的經過。拜爾在他的座位上聆聽。他有一雙格外靈活生動的深紅棕色眼眸，而那目光直接、銳利、精明如帶笑意，可是他嘴上並沒有笑。他的臉和身體一動不動地聽著亞瑟說話，完全沒有點頭、變換姿勢或玩手指。他的靜止讓人感受到一股專注的力量，強度有如催眠。看得出來，亞瑟也感覺到了這股力量；他在座位上侷促不安地扭動，並小心避開拜爾的眼神。亞瑟一開頭就跟我們保證警察非常禮遇他：其中一位幫他脫了外套和帽子，另一位幫他拉了椅子，還拿雪茄給他。亞瑟坐上椅子，但拒絕了雪茄；他相當強調這點，彷彿那是他意志堅強、剛正不阿的證明。於是，警察繼續彬彬有禮地請他容許他們抽菸，這亞瑟同意了。接下來是一連串故作閒聊的論證詰問，主要是關於亞瑟在柏林的商業活動。此時亞瑟謹慎地保留大部分的細節。「你不會感興趣的。」他告訴拜爾。然而，我猜警方儘管一派客氣，但已成功讓他驚駭有加。他們消息超乎想像得靈通。這些客套結束後，真正的訊問才開始。「據我們所知，諾里斯先生，你最近去了趟巴黎。這趟旅行跟你私人的生意有關係嗎？」

當然，亞瑟對此早有準備。或許準備得過頭了。他的解釋滔滔不絕。警方最後用一個親切的問題將之戳破。他們提出了一個名字和一處地址，聲稱諾里斯先生曾兩度造訪該處，就在他抵達巴黎的當晚和離開的當天早晨。這是不是同樣屬於私人生意上的會面呢？亞瑟沒否認當時的確大吃了一驚。不過，他宣稱自己仍非常謹慎。「當然，我沒有笨到去否認。我表現出一副蠻不在乎的樣子。我想我讓他們留下了好印象。他們在動搖，我看得出來，明顯地動搖了。」

亞瑟停了一下，再謙虛地補充道：「不是我吹牛，我還蠻懂得該如何應付這種特殊情況的。沒錯。」

他的語氣渴求著一句鼓勵或認可。但拜爾既不鼓勵，也不責難，連開口或移動都沒有。他深棕色的眼睛繼續凝視著亞瑟，帶著同樣精明的專注、笑意和機警。亞瑟侷促地短咳了一聲。

亞瑟急於打破那無情、催眠似的沉默，因此開始天花亂墜地講個不停。他肯定講了將近半小時。然而，真正能講的其實並不多。警方展現了他們的情報能力後，便趕緊跟諾里斯先生保證，只要這些活動侷限在其他國家，他們就一點興趣也沒有。但如果是發生在德國，那就另當別論了。德意志共和國歡迎所有外國訪客，但希望這些訪客們能銘記，有些內規是不分主客，一概都得遵守的。總之，德意志共和國若不幸得拋卻與諾里斯先生的友誼，將會是莫大的遺憾。警方相信像諾里斯先生這麼飽經世故的人，一定能領會他們的意思。

終於，正當亞瑟走向門口，讓人協助穿上大衣並接過帽子時，對方拋來了最後一個問題，且提問的語氣就好像這跟先前所談到的毫無瓜葛：

「你最近加入了共產黨？」

「我當然立刻就看出這是陷阱。」亞瑟跟我們說：「完全是個陷阱。但我得迅速思考，回答時任何一點遲疑都會致命。他們太精於注意這些小細節了……我沒加入共產黨，也沒加入其他任何左翼組織。我只是贊同德國共產黨在某些非政治議題上的立場……我想這是正確答案吧？應該是。沒錯。」

拜爾終於露出笑容，也開了口：「你的做法相當正確，親愛的諾里斯。」他似乎隱隱樂在心中。

亞瑟開心得像隻受了撫捋的小貓。

「布萊德蕭同志給了我很大的幫助。」

「喔，是嗎？」

拜爾沒有問是什麼樣的幫助。

「你對我們的運動有興趣？」

這是他首次打量著我。不，他並不覺得感佩。同時，他也沒有譴責。一個年輕的資產階級知識分子，他心想。滿腔熱忱——在一定的範圍內。受過教育——在一定的範圍內。只要用他所屬階級的措詞作出請求，他會有能力回應。有點小用：每個人都能做點什麼。我感覺得到自己已是滿臉通紅。

「如果可以，我願意幫忙。」我說。

「你會說德語？」

「他德語說得好極了。」亞瑟插話，就像個在跟私校校長極力褒薦自己兒子的母親。拜爾微笑著，眼神再次打量著我。

「怎麼樣？」

他將桌上一些紙翻過來。

「這裡有些翻譯工作可以煩勞你幫忙。能請你將這翻成英文嗎？如你所見，這是我們過去一年的工作報告。你會從中稍稍理解我們的目標。我想這應該能提起你的興趣。」

他遞給我一疊厚厚的手稿，並站了起來。他比起在講台上還要更顯得矮小寬闊。他將一隻手搭在亞瑟的肩頭。

「你剛說的那些，非常有趣。」他跟我們倆握手，送出燦爛的臨別微笑。「也拜託你——」他幽默地跟亞瑟加了一句。「別把這位年輕的布萊德蕭先生捲進你的麻煩裡。」

「沒問題，我跟你保證，作夢也不敢。在我眼裡，他的安危不敢說超過，但也幾乎和我自身的安危同等珍貴了……好吧，哈哈，我就不再浪費你寶貴的時間了。再見。」

與拜爾會面後，亞瑟的精神為之一振。

「你讓他留下了好印象，威廉。沒錯，是真的。我一眼就看得出來。而他對人的判斷是非常敏銳的。我想他對我在亞歷山大廣場回答警方的那些話很滿意，是吧？」

「肯定是。」

「我想也是，沒錯。」

「他是誰？」我問。

「我自己對他也所知甚少，威廉。我聽說他原先是一名化學研究員。我想他的父母應該不是勞工階層的。他感覺起來不像，對吧？無論如何，拜爾不是他的真名。」

這次會面之後，我急於再見見拜爾。我趁授課的空檔盡快完成了翻譯。花了我兩天時間。那份手稿是報告各種罷工行動的目標和進展，以及為罷工者的家庭提供糧食和衣物補給所採取的各項措施。我遇到的主要困難是為數眾多且不斷重複出現的名稱縮寫，各自代表了參與行動的不同組織。由於我不知道大多數這些組織的英文稱呼，也就不知道該用什麼字母替代。

「那無關緊要。」我問拜爾時，他回答：「我們會自行處理。」

他的語氣中有些東西讓我感覺受到羞辱。他交給我翻譯的那些手稿一點也不重要，八成也不會送去英國。拜爾將稿子當成玩具般丟給我玩，無疑是希望能藉此擺脫我那煩人、無用的熱忱，至少一個星期。

「你覺得這工作有趣？」他繼續說：「我很高興。在我們這時代，每個男女都必須認識這些問題。你讀過馬克思嗎？」

我說曾嘗試讀過《資本論》。

「哦，那對入門者來說太難了。你應該先讀讀《共產黨宣言》。還有列寧的一些小冊子。等等，我拿給你……」

他極其和善可親，似乎不急著打發我。會不會他這個下午果真沒有其他重要的事要忙？他問起倫敦東區的生活情況，我努力擷取三年前，在貧民區廝混的幾天中得到的一點經驗來作答。光是受到他的注視，我就彷彿聽到最激勵人心的讚賞。我發現幾乎都是自己在說話。半小時後，我腋下夾了幾本書籍和更多待譯的文件，正打算道別。此時，拜爾問道：

「你認識諾里斯很久了嗎？」

「超過一年了。」我反射性地回答，心裡對這問題幾乎沒起什麼反應。

「真的？你們在哪兒認識的？」

這一次，我沒漏掉他的弦外之音。我定定地看著他，但他令人驚奇的雙眼沒有顯現一絲懷疑、威脅，或狡詐。他只是掛著和藹的笑容，靜靜等候我的回答。

「我們是在火車上認識的。在來柏林的車上。」

拜爾的目光閃過一絲興味。他以讓人卸下心防的溫和直率問道：

「你們是好朋友？你常去找他嗎？」

「是啊，經常。」

「你在柏林沒有很多英國朋友吧，我想？」

「沒有。」

拜爾嚴肅地點點頭。接著從椅子上起身，跟我握手。「我得工作了。如果有任何事想跟我說，請別客氣。歡迎隨時來找我。」

「多謝。」

原來如此，走下破舊的樓梯時，我心想。他們沒有一個人信得過亞瑟。拜爾不信任他，但準備好隨時利用他，以防萬一。同時，也打算利用我就近監視亞瑟的行動。這並不需要讓我知情，要套出我的話太容易了。我感覺憤怒，同時卻又覺得有趣。

畢竟，這也怪不得他們。

7

大約一週後，奧托出現在亞瑟家，鬍子沒刮且亟需飽餐一頓。他們是前一天放他出來的。我當天晚上到亞瑟的公寓時，他跟亞瑟正待在餐廳，剛吃完一頓豐盛的大餐。

「他們星期天通常會給你們吃什麼？」我進屋時，他正問著。「我們有加了香腸的豌豆湯。還不賴。」

「我想想……」亞瑟沉思。「我恐怕真的不記得了。那段期間我始終沒什麼食慾……啊，親愛的威廉，你來啦！請拿張椅子來坐，只要你不鄙視跟兩個老囚徒為伍就好。奧托正和我交換些情報。」

亞瑟跟我走訪亞歷山大廣場的前一天，奧托跟安妮吵了一架。奧托想捐十五芬尼給一個來為國際勞工聯盟募捐罷工基金的人。對此，安妮「原則上」不表贊同。「為什麼要把我的錢給那些骯髒的共產黨員？」她這麼說。「錢可是我拚了命努力賺來的。」話中的所有格挑戰了奧托的身分與權利，不過他寬大地不予計較，但那形容詞可真讓他大為震驚。他賞了她一巴掌。「沒有很大力。」他跟我們保證，但那力道也夠讓她在床上翻了個筋斗，一頭撞上牆，連帶讓一張裱了框的史達林相片掉落地面，摔破了框上的玻璃。安妮開始邊哭泣邊咒罵他。「這是給你個教訓，不懂的事就少開口。」奧托這麼跟她說，態度還算和善。共產主義在他們之間向來是個敏感話題。「我受夠你了！」安妮哭吼：「還有你那些該死的紅色鬼玩意兒。全給我滾出去！」她將相框朝他扔了過去，但沒打中。

奧托待在附近的**酒館**中，把整件事仔細想了一遍，然後做出一個結論：他才是受傷害的一方。在痛心與憤怒之下，他開始狂飲**柯恩酒**。他喝了相當多，到了晚上九點還在喝。此時，一個他認識的男孩埃里希進了酒館賣餅乾。埃里希平日就帶著他的籃子遊走於這一區的咖啡店跟餐廳，順便傳遞訊息，收集流言蜚語。他跟奧托說剛在克羅茲堡的一間納粹**酒館**中，見到安妮跟韋納．貝多夫在一起。

韋納一直是奧托的死對頭，不管是在政治立場上或在私底下。一年前，他離開奧托所屬的共產黨基層組織，加入了當地的納粹衝鋒隊。他一向對安妮情有獨鍾。此時已喝得爛醉的奧托做了一件清醒時絕不敢做的事：他一躍而起，隻身前往納粹**酒館**。還是兩名在他進去一兩分鐘後恰巧經過的員警出手干預，才讓他免於分筋斷骨的下場。那時他剛第二次被扔出大門，還打算再衝進去。警察費盡千辛萬苦才把他架走；前往警局的路上，他則是又咬又踢。而納粹們當然對此舉動同仇敵愾。

這事第二天登上了他們的報紙，內容描述「十名武裝共產分子無故且卑劣地攻擊一間國家社會主義黨人的酒館，其中九人事後成功脫逃」。奧托把這張剪報收進皮夾裡，並驕傲地展示給我們看。他並沒有親自逮到韋納。他一進入酒館，韋納就和安妮躲到後頭的房間去了。

「就送他好啦，那下流的賤人。」奧托惡狠狠地補充：「就算她跪著回來求我，我也不會要她了。」

「唉呀呀。」亞瑟不自覺地咕噥了起來：「我們真是生活在一個紛紛擾擾的時代……」

他陡然拔起身。有些地方不對勁。他的目光不安地在滿桌的盤碟間游移，像是一個錯失登場機會的演員。桌上竟然沒有茶壺。

過沒幾天，亞瑟打電話來告訴我，奧托與安妮復合了。

「我相信你聽到一定會很高興。我在促成這件好事上可以說起了某種程度的作用。沒錯……和事佬萬歲……事實上，由於下週三有個小小的紀念日，我現在對調解糾紛特別感興趣……你不知道嗎？對，我要邁入五十三歲了。謝謝，老弟。多謝了。我得承認一想到自己已是天命之年，還是會覺得挺不習慣……好了，我可以邀請你一道參加這個無聊的宴會嗎？女士也會出席。除了重修舊好的那對，還會有歐嘉夫人和其他兩位更聲名狼藉的迷人舊識。我會把客廳的地毯收掉，好讓年輕人跳跳舞。很不錯吧？」

「的確很不錯。」

週三晚上我臨時有課得上，於是比預期的時間更晚才抵達亞瑟家。我發現赫爾曼正在樓下大門等著接我。

「真抱歉。」我說：「希望沒讓你在這裡站太久？」

「沒關係。」赫爾曼簡短回答。他打開門，領路上樓。真是個鬱悶的傢伙，我暗忖，連慶生會都不能開朗點。

我在客廳找到亞瑟。他只著襯衫躺在沙發上，雙手交疊於膝。

「你來了，威廉。」

「亞瑟，真的非常抱歉。我盡力趕來了。本來還以為我永遠都走不了。我跟你說過的那個老女人毫無預警地跑來，堅持要上兩小時的課，但她其實只是想抱怨女兒的言行舉止。我以為她會沒完沒了地講下去……咦，怎麼回事？你臉色不太好。」

亞瑟憂傷地抓抓下巴。

「我很沮喪，老弟。」

「怎麼會？為了什麼？……話說，你其他的客人到哪兒去了？他們還沒來嗎？」

「來了。但我不得不將他們送走。」

「你生病了？」

「不，威廉，沒病。恐怕我是老了。我向來討厭吵吵鬧鬧，現在更是完全無法忍受。」

「誰在吵鬧？」

亞瑟緩緩地從椅子上起身。那一瞬間，我彷彿瞥見二十年後的他：身子不住抖顫，神情可憐兮兮。

「說來話長，威廉。我們先吃點東西好嗎？現在恐怕只能提供炒蛋和啤酒了。說真的，啤酒也未必有。」

「沒有也無妨。我帶了點小禮物給你。」

我拿出一直藏在背後的那瓶白蘭地。

「親愛的老弟，你真讓人感動莫名。太客氣了，你真是太客氣了。你確定沒有太破費嗎？」

「哎，沒什麼，小意思。我現在存了不少錢。」

「我一直覺得——」亞瑟哀傷地搖搖頭。「能有辦法存到錢簡直是一種奇蹟了。」

我們穿過剝去地毯後裸露的木地板，腳步在公寓中大聲迴響。

「原本慶祝活動一切就緒，此時卻出現妖魔鬼怪阻止了這場饗宴。」亞瑟摩擦著雙手，神經質地輕笑。

「啊，但幢幢幽影、無聲幻象，
挑勾的手指再再呼喚我捨棄
捨棄友誼、交際、酒香
捨棄歌唱，捨棄喜慶的輝光！*」

「和此時此景挺貼切的，我覺得。你知道老同鄉威廉・華森吧？我向來認為他是當代最優秀的詩人。」

＊摘自英國詩人威廉・華森（William Watson）詩作〈The Great Misgiving〉。

為了今晚的宴會，餐廳已掛上紙綵，桌子上方則懸著中國式燈籠。見到這些，亞瑟搖搖頭。

「要不要把這些東西拿下來，威廉？會不會讓人太鬱悶？你覺得呢？」

「我不怎麼覺得啊。」我說：「相反的，這些應該會讓我們高興點才對。畢竟，不管發生什麼事，今天總還是你的生日呀。」

「好吧，好吧，或許你說得對。你總是這麼達觀。命運的打擊真的是很殘酷。」

赫爾曼陰沉沉地端著蛋進來，接著有點幸災樂禍地報告，家裡沒奶油了。

「沒奶油。」亞瑟複述。「沒奶油。我這個主人可真丟臉丟到家了……見到現在的我，誰想得到我曾在自家招待過不只一位皇室成員？我本來打算今晚在你面前擺上豪華盛宴的。事到如今，我就不詳述菜單了，免得你口水直流。」

「我覺得炒蛋很不錯。我只是很遺憾你得把賓客全都請走。」

「我也是，威廉，我也很遺憾。很不幸，我不可能讓他們留下。我可不敢面對安妮的怒火。她想必期待有一桌子的山珍海味……反正，無論如何，赫爾曼說屋裡連蛋都不夠。」

「亞瑟，告訴我發生了什麼事。」

他對我的焦躁露出微笑，一如往常地享受著故作神祕的樂趣。他若有所思，食指和拇指擰著垮落的下頦。

「這個嘛，威廉，我接下來要說的事情有點悽慘，而且全都源於客廳那張地毯。」

「你為了跳舞而收起來的那張？」

亞瑟搖搖頭。

「很遺憾，地毯不是為了讓人跳舞而收起來的。那只是**一種說法**。我不希望讓富有同情心的你為此感到不必要的苦惱。」

「你是說，你賣掉了？」

「不是賣，威廉，你應該瞭解我。能當的我絕不會賣。」

「真遺憾，那是張很不錯的地毯。」

「確實是……價值遠遠高過我所拿到的兩百馬克。但事到如今，人也不能期待太多……不管怎樣，這原本也夠支應我計劃的小宴會了。但很不幸——」此時，亞瑟朝門口瞥了一眼。「施密特那雙鷹眼，或者該說，那雙禿鷹的眼睛，一看到撤走地毯後的空地板就立刻亮了起來。他敏銳得可怕，幾乎立刻就駁斥了我言之成理的解釋。他對我非常殘忍。多麼鐵石心腸的人……長話短說，在我們極不愉快地談完後，我只剩下總共四馬克七十五芬尼。其中的二十五芬尼零錢還是事後追加的。他跟我要回家的巴士錢。」

「他真的把你的錢拿走了？」

「沒錯，是**我的**錢，對吧？」亞瑟急急切切，緊抓住這一點小小的激勵。「我就是這樣跟他說的。但他只是對我極其凶惡地大吼大叫。」

「竟然有這種事？你為何不乾脆炒他魷魚？」

「這個嘛，威廉，聽我說，理由非常簡單。我欠他九個月工錢。」

「我就猜八成是這樣。儘管如此，你還是沒理由被他吼來吼去啊。我就不會忍受這種事。」

「啊，老弟，你總是這麼堅定。真希望那時有你在場捍衛我。我敢肯定你一定有辦法對付他。不過我得說——」亞瑟懷疑地說：「施密特要是真的硬下心來，也是打死不退的。」

「話說回來，亞瑟，你不會真打算花兩百馬克弄一桌七人份的晚餐吧？我從沒聽過這麼荒唐的事。」

「本來還有小禮物的。」亞瑟溫溫地說：「一人一份。」

「的確是很貼心……但這麼浪費……你都拮据到只能吃炒蛋了，好不容易手頭有了點錢，卻打算一擲千金。」

「別連你也來跟我說教，威廉，不然我要哭了。我的小毛病改不了。若不偶爾容許自己享點樂子，人生可有多乏味呀。」

「好吧。」我笑著說：「我不跟你說教。換作是我，大概也會這麼做。」

飯後，當我們拿著白蘭地回到少了地毯的客廳，我問亞瑟最近有沒有見到拜爾。聽到這名字時，他臉上表情的變化讓我一驚。他柔軟的嘴唇帶著怒氣噘起，同時避開我的視線，皺眉猛搖著頭。

「只要能不去，我就盡量不去那裡了。」

「為什麼？」

我很少見他如此。他似乎真的因為這個問題而對我發脾氣。沉默了一陣子後，他突然帶著孩子氣的任性，劈里啪啦講了起來：

「我不去是因為不喜歡去。因為去了就讓我心煩。看到那邊如此亂無章法，我這種敏感的人就滿肚子火……你知道嗎？前幾天拜爾遺失了一份極其重要的文件。你覺得後來是在哪裡找到的？廢紙簍裡。說真的……想到那些人的薪水還是用勞工的血汗錢支付的，就叫人火冒三丈……還有呢，整個地方，間諜進進出出的。拜爾甚至連他們的名字都知道……而他做了什麼？什麼也沒做。完全沒有。他好像根本不在乎。這就是最讓我火大的地方，這種得過且過的做事方式。唉，要是在俄羅斯，他們早被拖到牆邊槍斃了。」

我笑開了。亞瑟是激進派革命分子，這簡直太夢幻了。

「可你之前這麼仰慕他。」

「哦，他是夠能幹，有他的一套，毫無疑問。」亞瑟偷偷摩擦著下巴，牙齒像頭在吼叫的老獅全都暴露出來。「我對拜爾非常失望。」他補了一句。

「真的？」

「沒錯。」一些殘存的謹慎理智明顯讓他停了下來，但他最終還是克制不住。誘惑太過強烈。「威廉，我跟你說一件事，但你一定要保證絕對不會講出去。」

「我保證。」

「很好。當我投身入黨，或者說，承諾提供協助時（雖然好像沒什麼資格說這種話，但我還是有很多地方幫得上忙，畢竟有好些門路他們至今仍無法觸及）——」

「我相信你幫得上忙。」

「我們約定，我想這是很自然的，約定了一點（該怎麼說呢？）——這麼說吧——一點報酬。」亞瑟停頓並擔憂地瞥了我一眼。「威廉，希望這沒有嚇到你吧？」

「一點也沒有。」

「我真高興。我早該知道你是個明理人……畢竟是見過世面的。對一般成員來說，有旗幟、標語和口號就很好了，但領導人知道推行政治運動必定少不了錢。我當初考慮加入他們的時候，就曾跟拜爾談過此事。我得說，他非常通情達理。他相當清楚，像我這樣拖欠五千鎊債務……」

「天啊，有這麼多嗎？」

「很遺憾，有。當然，不是所有的款項都同樣急迫……我說到哪兒了？喔對，像我這樣拖欠著債務，很難為我們的大業提供什麼幫助。你也知道，我動不動就陷入各式各樣不堪的窘境。」

「而拜爾同意代為償還其中一部分？」

「你還是一如往常地直截了當呀，威廉。這個嘛，沒錯，可以說他有這麼暗示，清楚明白地暗示，要是能順利完成首次任務，莫斯科不會辜負我。我完成了。拜爾也會一口承認。結果怎樣？什麼也沒有。當然，我知道這並不全是他的錯。他自己，還有辦公室那些打字員跟職員的薪水也經常拖欠好幾個月。但這依舊很惹人厭。我也不禁覺得他沒有盡全力傳達我的要求。我去找他抱怨連下一餐的飯錢都沒著落時，他似乎還把我當笑話看……你知道嗎？我連去巴黎的那趟旅費都沒拿到，我還得自掏腰包。你自然會料想至少旅費可以報帳吧，所以我可是搭頭等艙去的。」

「可憐的亞瑟！」我幾乎忍俊不禁。「那現在該怎麼辦？這些錢還有任何指望嗎？」

「我想大概沒有了。」亞瑟沮喪地說。

「來，讓我借你一些吧。我有十馬克。」

「不了，謝謝你，威廉。我感激你這份心意，但我不能跟你借。我覺得這會破壞我們美好的友誼。不了，我會再等個兩天，然後採取某些行動。而若這些行動不成功，我也知道該怎麼辦。」

「你很神祕耶。」有一瞬間，我的腦中甚至閃過亞瑟可能打算自殺的念頭。不過，亞瑟企圖自殺——這畫面如此荒謬，讓我忍不住露出微笑。「希望一切都進行得很順利。」道別時我加了這麼一句。

「我也希望，親愛的威廉。我也希望。」亞瑟謹慎地朝下望了樓梯間一眼。「請幫我跟尊貴的施洛德女士問好。」

「你真得儘快找一天到我們那兒坐坐。你好久沒來了，沒見著你她可是日漸憔悴。」

「樂意之至，等這些麻煩全都解決了就去。只要真有解決的一天。」亞瑟深深嘆了口氣。「晚安，老弟。願上帝保佑你。」

8

隔天，週四，我忙於授課。週五我打了三通電話到亞瑟家，但總是忙線中。週六我到漢堡跟一些朋友共度週末，直到週一傍晚才回到柏林。當晚我撥電話給亞瑟，想要分享我的週末見聞，但同樣忙線中。我每隔半小時就撥一次，共撥了四次，最後忍不住向總機抱怨。她官腔官調地告訴我：「該用戶的話機已經停用。」

這並不特別讓人驚訝。考量到亞瑟目前的經濟情況，很難想見他會按時付電話費。儘管如此，他還是可以來找我或捎個訊息來呀，我心想。想必他已是分身乏術了。

又過了三天。我們難得一整個禮拜都沒碰到面，甚至連通電話也沒講到。或許亞瑟病了。確實，我越想就越肯定這是他杳無音訊的原因。他八成是為了債務憂心到精神崩潰了，而這段期間裡，我卻一直對他不聞不問。我突然覺得非常愧疚。我決定當天下午去探望他。

某些徵兆及良心上的不安加快了我的腳步。我以破紀錄的速度抵達柯比赫街，快步上樓，顧不得氣喘吁吁，即刻摁下門鈴。亞瑟畢竟不年輕了。他過的那種生活足以讓任何人垮下來，而他的心臟又那麼不堪一擊。我得準備好面對晴天霹靂的噩耗。要是……咦，怎麼回事？一定是我在匆忙間算錯了樓層。我正站在一扇沒有名牌的門前，一間陌生公寓的大門前。這是人在慌亂間總會發生的尷尬蠢事。我頭一個想法是逃之夭夭，該往樓上或樓下則不太確定。但我好歹已經摁了這家的門鈴，最好還是等人應門，然後向對方解釋我的錯誤。

我等著，一分鐘、兩分鐘、三分鐘。門沒有開。看來沒人在家。我免出一次洋相。

可是現在，我注意到別的細節了。面對我的兩扇門上都有個小方塊，方塊中的漆色比木板其他部分更為暗沉。無庸置疑，那是最近移除名牌後所留下的痕跡。我甚至還看見原本鎖螺絲的小洞。一股驚恐襲來。不到半分鐘，我就先沿著樓梯一路奔上頂樓，再衝到底層。我既迅速又敏捷，就如人有時在惡夢中竄逃的模樣。到處都見不著亞瑟家的兩個名牌。等等，或許我根本就進錯了樓。我也曾做過比這更愚蠢的事。我出到大街，檢查入口的門牌號碼。沒錯，是這棟樓。

那一刻，要是女門房沒現身，我不知道會做出什麼事。她一眼就認出我，朝我僵硬地點點頭。她對亞瑟的訪客明顯都沒什麼好感。查封官的幾次來訪，無疑已壞了這座公寓的名聲。

「如果你是來找你的朋友——」她惡意地加重語氣。「太遲了，他已經走了。」

「走了？」

「對，兩天前。房子現在待租。你不知道？」

我大概露出了如漫畫般驚慌的表情，於是她不悅地補充道：「沒收到通知的不只你一個。已經有一票人來過了。他還欠你錢，對吧？」

「他去哪兒了？」我沒精打采地問。

「我哪知道，也不在乎。他那個廚子會來收信，你最好去問他。」

「我沒辦法，我不知道他住哪兒。」

「那我幫不了你。」女門房有些幸災樂禍地說。亞瑟一定曾忘了給她小費。「你何不去找警察試試？」

她丟下這一句後便轉身進屋，砰一聲將門關上。我沿街緩緩走開，感覺頭暈目眩。

不過，我的疑惑很快得到解答。隔天早上我收到一封自布拉格某間旅館寄出的信：

親愛的威廉：

請原諒我。我迫不得已必須臨時且祕密地離開柏林，因此無法事先通知你。我跟你提過的那個小任務，唉，結果跟所謂的成功是天差地遠，而且醫師命令我即刻換個環境。對我這種特殊體質的人來說，柏林的空氣確實變得有害健康。要是我再待上一星期，幾乎可以肯定會出現危險的併發症。

我的家私已全數出售，而收入大部分被我眾多的追隨者強索瓜分。對此我沒有怨言。他們，除了其中一位，皆對我仁至義盡，超乎所值。至於那一位，我不會再容許他那可憎的名字通過我的雙唇。這麼說就夠了，他從過去到現在一直是個徹頭徹尾的惡棍，而他的表現也正是如此。

我覺得在這裡生活很愉快。飯菜美味，雖然比不上我所鍾愛、無可匹敵的巴黎（希望下週三，我疲憊的腳步就可以踏上那兒），但仍遠遠好過未開化的柏林所端上的任何食物。這裡也不乏美好又殘酷的女性慰藉。在舒適文明的愉快作用下，我已然敞開了胸懷，感到心曠神怡。我是如此盡興，就怕再這麼下去，抵達巴黎時已是一貧如洗。無所謂，不義財神肯定會眷顧我，就算不是永久，也至少會讓我有時間四處探探。

麻煩跟我們共同的朋友致上最友好的問候，並跟他說我不會失敗，一定按時抵達，執行他委託的各項任務。

務必儘快回信，饗我你那無與倫比的風趣。

不渝的摯友

亞瑟敬上

我的第一個反應，或許不合情理，是感覺憤怒。我得承認，自己對亞瑟的情感絕大部分是種佔有慾。他是我的發現，我的資產。我就像一位被自己飼養的貓拋棄的老處女般感到很受傷。到底是太傻了。亞瑟是自己的主人，用不著跟我解釋他的行動。我開始尋找理由解釋他的行為，而且就像溺愛子女的雙親，找起來輕而易舉。說真的，他的表現不是相當高尚可敬嗎？受到來自四面八方的威脅，卻一直獨自面對問題。他小心翼翼避免讓我捲入跟官方當局可能形成的不愉快。他一定是跟自己說，畢竟我都要離開這國家了，但威廉還得留在這裡討生活，我沒有權利為了滿足自己個人的情感而讓他付出代價。我想像亞瑟臨走前最後一次匆匆溜過我家大街，悲苦暗藏地抬眼瞥過我房間的窗，遲疑片刻，然後憂傷地離去。最後，我坐下來寫了一封輕鬆悠閒、充滿溫情的信給他，什麼問題也沒問，甚至避去了任何可能危及他或我自己的詞語。對亞瑟的離去難過不已的施洛德女士也在信後添了長長的附筆。她寫道，千萬別忘了，柏林這兒還有一間屋子，大門將永遠為他敞開。

我的好奇心遠遠沒有得到滿足。最直接的辦法就是詢問奧托，但我要上哪兒去找他？我決定從歐嘉那兒著手。我知道安妮在那邊租了一間臥房。

自從新年午夜的派對之後，我就沒見過歐嘉；亞瑟倒有時會去找她談生意，陸陸續續也跟我說了許多關於她的事。她和大多數設法在那段經濟破產的日子中謀生的人一樣，有著多重職業，若用亞瑟喜愛的用語「直截了當地說吧」，她是老鴇，是毒販，是收售贓物者；她也出租房間，洗衣服，興致來的時候還會做些精緻花俏的針線活。亞瑟有一次給我看她聖誕節送的桌布，真是巧奪天工。

我輕輕鬆鬆找到那間屋子，穿過拱門進入庭院。中庭狹窄幽深，像座直立的棺材。棺材頭端置於地面，因為樓面微微向內傾斜。樓面間有巨大的橫拱支撐，跨過缺口，高懸於上，頂著灰色的方塊天空。而在下方底部，陽光從來無法穿透之處，形成了深邃的薄暮，像是高山峽谷中的微光。庭院有三面是窗戶，第四面則是寬廣的單調牆面，約八十呎高，灰泥表面浮起了氣泡又破裂，留下裸露、烏黑的疤痕。在這可怕的絕壁腳邊，立著一間古怪的小屋，八成是戶外廁所。旁邊有台只剩一個輪子的廢棄手推車，還有一張現在幾乎難以辨識的印刷公告，說明公寓居民在哪些時刻可以拍打清理地毯。

即便在下午這種時候，樓梯間依然非常昏暗。我磕磕絆絆地往上爬，數著平台，最後在一扇希望是正確的門上敲了敲。門內傳出拖鞋拖過地板的聲音和鑰匙碰撞聲，然後上了鎖鍊的門開了一條窄縫。

「哪位？」一名女子的聲音問。

「威廉。」我說。

她對這名字沒有任何印象，門開始遲疑地緩緩闔上。

「我是亞瑟的朋友。」我急忙補充，努力讓聲音聽來可信。我看不見與我對話的是什麼樣子的人，屋裡一片漆黑。這簡直就像在告解室裡跟神父說話。

「你等等。」那聲音說。

門關上，拖鞋聲遠去。有另一個腳步聲回來了。門重新開啟，狹窄玄關的電燈被點亮。歐嘉本人站在門檻邊。她雄偉的身形包裹在一件五顏六色的炫目和服中，散發的威嚴有如披上儀典袍服的女祭司。我不記得她有這麼高大。

「怎樣？」她說：「有什麼事？」

她沒認出我。在她眼裡，我說不定是警探。她的口氣咄咄逼人，沒有顯露一絲猶疑或恐懼。她已準備好面對任何敵人了。她嚴峻的藍眼睛有如雌虎，時時保持警戒，並在此刻越過我的肩頭，望進陰暗的樓梯井。她想知道我是不是單槍匹馬前來。

「請問我可以跟安妮小姐說句話嗎？」我禮貌地問。

「不行，她在忙。」

然而，我的英國口音讓她安了心，於是她簡短加了句：「進來。」就轉過身，領路進客廳。她一派冷漠，留我自行關上大門。我順從照辦，尾隨進屋。

客廳桌上站了個人，正是奧托。他上身只有一件襯衫，正笨拙地修理著改裝過的煤氣燈。

「唷，是小威呀！」他大喊，跳下桌，猛然朝我肩頭一拍。

我們握了握手。歐嘉屈身坐在一張面對我的椅子上，姿態有如算命師般雍容又帶點邪氣的尊貴。手鐲在她浮腫的手腕上刺耳地叮噹作響。我很好奇她到底幾歲了；或許不超過三十五，因為她飽滿、蒼白的臉上還未有皺紋。我不太想讓她聽見跟奧托的談話，但很明顯只要我在屋內，她就不打算走開。她洋娃娃似的藍眼虎視眈眈，一眨不眨地瞅著我。

「我是不是在哪邊見過你？」

「就在這房間。」我說：「見過我醉醺醺的樣子。」

「哦。」歐嘉的胸脯靜靜伏動，她笑了。

「亞瑟離開之前，你有和他見面嗎？」一段長長的沉默後，我問奧托。

有，安妮和奧托都有見到他，不過顯然純粹是出於巧合。他們週日下午順道去串門子，剛好碰見亞瑟在打包。只見他電話不斷，東奔西跑，然後施密特出現了。他跟亞瑟退到臥房商談，沒多久奧托和安妮便聽見高亢、憤怒的說話聲。施密特出了臥房，亞瑟尾隨於後，滿腔無處宣洩的怒火。奧托不太清楚是怎麼回事，但他知道事情跟男爵有關，還有金錢。亞瑟生氣是因為施密特跟男爵說了什麼，施密特的態度則時帶羞辱，時帶輕蔑。亞瑟吼道：「你不只是忘恩負義到了極點，還是個徹徹底底的叛徒！」奧托對這話記憶猶新。亞瑟的用字遣詞似乎讓他特別有印象，或許是因為「叛徒」這詞在他心目中有明確的政治意涵。確實，他相當理所當然地認為，施密特以某種方式背叛了共產黨。「我頭一次見到他，就對安妮說：『如果告訴我他是被派來監視亞瑟的，我也不意外。他頂著那顆腫腫的大頭，看起來就像個納粹。』」

接下來的事更證實了奧托的看法。施密特正要離開公寓時，轉過身對亞瑟說：

「好，我走啦。就讓你那些寶貴的共產朋友來大發慈悲了。等他們將你最後一分錢都騙光後……」

他沒能再說下去。原本對這些爭執的來龍去脈毫無頭緒的奧托，終於聽懂了這句，並大為光火，一把拽著施密特的後領拖到屋外，再一腳重重踹在他的屁股上，讓他直飛下樓。奧托以特別驕傲與愉悅的語氣詳加描述那一腳。那是他人生中可列入經典的一踢，靈感突發的即興之作，判斷和時機都拿捏得恰到好處。他急於讓我明白那一腳是怎麼踢又踢在哪的，於是要我站起來，並用腳尖輕觸我的臀部。我有點不安，因為很清楚他得花多大力氣才能自我克制，不會一腳踹下去。

「哎喲，小威，你真該聽聽他落地的聲音！乒！乒！啪唧！一時間他好像連自己在哪兒或發生什麼事都不知道。然後他開始啜泣，像個小嬰孩一樣。我笑得幾乎站不穩啦，當時你用一根手指頭就可以把我推下樓。」

奧托說到這兒也開始笑了起來。他笑得開懷，不帶一絲惡意或凶殘。他對落敗的施密特不抱任何怨恨。

我問還有沒有聽到他再多說什麼。奧托不清楚。施密特緩慢而痛苦地站起身，嗚咽地吐出一連串含糊不清的威脅言語，並一拐一拐地走下樓。一直在背景中的亞瑟此時疑慮地搖了搖頭，出聲反對：

「你不該那麼做的。」

「亞瑟心腸太好。」奧托補充，故事也來到了尾聲。「他相信每一個人。而他得到了什麼感謝嗎？沒有。他總是受到欺騙與背叛。」

最後這一句似乎怎麼回應都不恰當。接著，我說得先走一步了。

我似乎有什麼地方逗樂了歐嘉，她的胸脯無聲打著顫。走到門邊時，她無預警地在我臉頰上粗魯、蓄意地捏了一下，就像從樹上摘李子。

「你是個好孩子。」她發出刺耳的咯咯笑聲。「一定要找個晚上來這裡玩玩。我會好好讓你開開眼界。」

「你應該跟歐嘉玩一次看看，小威。」奧托認真地建議。「絕對物超所值。」

「我相信肯定是。」我禮貌地說，然後快步下樓。

幾天後，我跟弗里茨・溫德約在三頭馬車碰面。我到的時候還早，便坐上吧檯，結果發現男爵就坐在我旁邊的高腳凳上。

「哈囉，庫諾！」

「晚安。」

他油亮的頭拘謹地點了一點。出乎我的意料，他似乎不是很樂意見到我，甚至可說正好相反。

他的單片鏡閃著客氣的敵意，裸視的那隻眼則顯得游移又狡黠。

「好久沒見到你了。」我爽朗地說，試圖對他的態度表現得若無所覺。

他的目光掃過整個房間，肯定是在尋找援手，但沒人回應他的請求。酒館內還近乎空蕩蕩的一片。酒保慢慢挨了過來。

「你要喝什麼？」我問。他閃避我的態度激起了我的興趣。

「呃——不用了，謝謝。是這樣子的，我得走了。」

「什麼？這麼快就要走了，男爵先生？」酒保慇勤地詢問，而他下一句問候更無意間增添了男爵的不快。「為什麼？你才來不到五分鐘耶。」

「你有亞瑟．諾里斯的消息嗎？」他正打算下椅，不過我有點惡毒地刻意忽略這個動作。除非我把座位往後推一點，否則他下不來。

這名字明顯讓庫諾聞之一縮。

「沒有。」他的語氣冰冷。「我沒有。」

「他人在巴黎。」

「是嗎？」

「好吧。」我誠心地說：「就不耽擱你了。」我伸出手，他勉為其難地碰了碰。

「再見。」

終於脫困的他像支箭般衝往大門。旁人說不定還以為他是在逃離一間疫病醫院。酒保微微一笑，拾起銅板扔進錢箱。那些攀權附勢的食客被棄之不顧的例子，他可見多了。

我則又多了一個謎團待解。

冬天有如每一個昏暗小站皆停靠的長列車，拖拖沓沓地過去了。每個星期都有新的緊急命令頒布。布呂寧（Heinrich Brüning）操著主教般乏味的聲音對著商家發布命令，沒人聽從。「這是法西斯主義。」社會民主主義者如此抱怨。「他太軟弱。」海倫．普拉特說：「這些豬玀需要的是一個胸上有毛的男子漢。」黑森州文件*被發現，但無人在乎。醜聞已經多不勝數。筋疲力竭的大眾已經對層出不窮的意外感到消化不良。人們曾說納粹在聖誕節前就會掌權，但聖誕節來臨，他們卻還沒得勢。亞瑟寄了張艾菲爾鐵塔的明信片來祝賀佳節。

柏林幾乎處於內戰狀態。仇恨突然就爆發，在街角、餐廳、電影院、舞廳、室內游泳池，於午

* 納粹所擬全面消滅共產黨的一份計劃文件，當時查獲後引發軒然大波，甚至曾引起解散納粹衝鋒隊的聲浪，但後來二線人物出面扛責，納粹中心人物切割撇清，最後不了了之。

夜、早餐後、下午時分，毫無預警，亦無來由。有人拔刀，有人揮舞著釘環、啤酒杯、椅腳或含鉛棍棒；子彈劃破佈告欄上的廣告，從公共廁所的鐵皮屋頂反彈回來。一名年輕人會在擁擠的大街上被襲擊、扒光、痛毆，任其在人行道上淌血。一切只消十五秒就結束，攻擊者也逃逸無蹤。奧托在柯本尼卡街附近的露天市集捲入鬥毆，眼睛上方被剃刀劃開一道口子。醫生為他縫了三針，他也在醫院躺了一星期。報紙上滿是互相敵對的烈士遺照，納粹、國旗團、共產黨俱在。我的學生會望著這些搖頭，並為德國的情勢向我道歉。「天啊，天啊！」他們說：「太糟糕了。不能再這樣下去。」

凶殺案記者和爵士年代作家將德語擴展到前所未有的境地。報紙上的謾罵字眼（叛徒、凡爾賽走狗、齷齪凶手、馬克思騙子、希特勒人渣、紅色害蟲）此起彼落，簡直就像中國人三句不離口的謙恭敬語。愛這個字，曾被歌德捧上了天，如今還不值一個妓女的吻。**春天、月光、青春、玫瑰、女孩、寶貝、真心、五月**：這些貨幣在專事描寫探戈、華爾滋和狐步舞的作家手中慘遭貶值，全都浪擲在個人逃避上。找個親愛的小甜心吧——他們建議——忘了不景氣，忽視失業率。遠走高飛——他們慫恿我們——去夏威夷，去那不勒斯，去那夢幻的維也納。胡根貝格（**Alfred Hugenberg**）隱身在烏法製片廠幕後，以民族主義迎合各方需求。他製作戰爭史詩、軍營生活鬧劇、輕歌劇——戰前狂歡作樂的軍事貴族在劇中全換上了一九三二年風格的服飾。他手下優秀的導演和攝影師，必須將才華傾注於在香檳中的氣泡和燈光打在絲綢上的光澤，這些無謂美麗的鏡頭上。

而一個接一個的早晨，整座廣大、潮濕、陰鬱的城市之中，以及郊區公有地上那些有如包裝箱般的小屋聚落裡，年輕人睜開眼就得面對另一個空洞無業的日子，等著他們盡可能設法度過。他們賣鞋帶、乞討、在職業介紹所的大廳下棋、在男廁徘徊、幫忙開車門、在市場搬條板箱、閒蕩、竊盜、偷聽賽馬內幕、分享在街溝撿來的菸屁股、在天井和行駛中的地鐵車廂裡高歌民謠換點零錢。新年過後降雪了，但積不久；他們沒有剷雪的錢好賺。店家直接在櫃台檢查銅板，就怕收到偽幣。施洛德女士的占星師預言末日將臨。「聽著——」弗里茨．溫德在伊甸旅館的酒吧啜飲雞尾酒時說：「我才不在乎這國家落入共產黨手中。我的意思是，我們好歹得改變一下觀念。管他去死。誰在乎？」

三月初，總統大選的宣傳海報紛紛出籠。興登堡（Paul von Hindenburg）的肖像下方搭配了歌德字體的標語，整體的感覺就像在宣教：「他一直忠於你；請你也忠於他。」納粹發展出一套對策，聰明地應付這個可敬的偶像，卻又不致淪為過分褻瀆：「榮耀歸于興登堡；選票投給希特勒。」奧托和其同志們每晚出動，帶著油漆罐和刷子進行危險的冒險。他們爬上高牆，攀著屋頂前進，在看板下蠕動。他們得小心避開警察和衝鋒隊。隔天一早，過路行人會瞧見台爾曼（Ernst Thälmann）的大名清晰地題寫在一些顯著且難以接近的地方。奧托給了我一把標語小貼紙：票投台爾曼，勞工的候選人。我隨身放在口袋裡，趁沒人注意時就往店鋪櫥窗和大門貼上幾張。

布呂寧在體育宮發表演說。我們一定要投給興登堡，他說，拯救德國。他的手勢激動且帶有警告意味，他的眼鏡在聚光燈下閃爍著情感，他的聲音在顫抖中傳遞了學究式一本正經的熱情。「通貨膨脹。」他恐嚇，而聽眾為之悚然。「坦能堡戰役*。」他恭敬地提醒，台下掌聲不絕。

拜爾在盧斯特花園演講。當時正逢暴風雪，他站在一輛貨車車頂說話；一個沒戴帽子的矮小人影對著下方一大片臉孔與旗幟組成的人海比手畫腳。他後方是冰冷的宮殿正面，而沿著宮殿的石頭護欄，沉默的武裝警察成隊而列。「瞧瞧他們。」拜爾高喊：「可憐的傢伙！這種天氣還讓他們在戶外罰站真是不好意思。沒關係，他們有上好的厚大衣可以保暖。那些大衣是誰給他們的？是我們。我們是不是很好心呀？可是誰又會給我們大衣？我哪知道！」

＊第一次世界大戰初期著名戰役，德國大敗俄羅斯，而領軍的即是興登堡。

「所以那老傢伙又贏了。」海倫・普拉特說：「我就知道他會當選。在辦公室贏了十馬克，那些可憐的傻蛋。」

這天是選舉後的週三。我和海倫站在動物園站的月台上；她來送我上開往英國的火車。

「對了——」她又問道：「你有天晚上帶來的那個怪胎呢？莫里斯，是這名字吧？」

「是諾里斯……我不知道。我好一陣子沒他的消息了。」

她會問起亞瑟實在奇怪，因為就在前一刻，我也正好想起了他。在我心中，他始終和這座車站連結在一起。再過不久，他的離去就要滿六個月了，但感覺彷彿才是上禮拜的事。我決定，一抵達倫敦，就要寫封長信給他。

9

然而，信我並沒有寫。為何，我也不清楚。可能是我懶惰而天氣轉暖了。我經常想起亞瑟，頻繁到會覺得通信只是無謂之舉，彷彿我倆之間已有某種心電感應。最後，我到鄉間旅居四個月，並發現自己將寫有他地址的明信片忘在倫敦某個抽屜裡了。一切都為時已晚。不過其實也沒多大關係，因為此時他八成早就離開了巴黎。不知他是否在柏林。親愛的老陶恩沁大街一點也沒變。我從車站搭計程車途經此處時，透過車窗望去，瞧見幾名納粹穿著嶄新的衝鋒隊制服。看來已經解禁了。他們沿街昂首闊步，動作僵硬。年長的百姓遇見他們就熱情地行禮。另外還有幾位則佇立街角，搖晃著喀喀作響的募款箱。

我爬上熟悉的樓梯。還沒來得及按電鈴，施洛德女士就衝了出來，敞開雙臂迎接我。她肯定一直在觀望我到了沒。

「布萊德蕭先生！布萊德蕭先生！布萊德蕭先生！你終於回來找我們了！我一定要給你個大大的擁抱！你氣色真好呀！你一走什麼都不一樣了。」

「這裡的一切都還好嗎，施洛德女士？」

「這個嘛……我想沒得抱怨。夏天情況很糟。但現在呢……快進來，布萊德蕭先生，我有個驚喜要給你。」

她歡欣鼓舞地招呼我穿過玄關，並以極富戲劇性的姿勢使勁拉開客廳門。

「亞瑟！」

「親愛的威廉，歡迎來到德國！」

「我不知道……」

「布萊德蕭先生，我得說你長了不少肉呀！」

「哎呀……哎呀……這真是快樂的大團圓。柏林再度恢復本色了。我提議大家到我的房間，一起喝一杯慶祝布萊德蕭先生的歸來。你會加入吧，施洛德女士，對不對？」

「噯……你真貼心，諾里斯先生，我肯定加入。」

「你先請。」

「那怎麼好意思。」

經過好一番推託揖讓後，他們倆才終於穿過門口。相熟似乎沒有壞了他們的禮節。亞瑟同樣慇勤，施洛德女士則同樣嬌媚。

前屋的大臥房幾乎改頭換面。亞瑟將床移到了窗邊的角落，並將沙發推到暖爐邊。一盆盆味道窒人的蕨類植物已消失，梳妝台上眾多的針織墊以及書架上的金屬小狗飾品也全都不見蹤影。三張美麗的沐浴女神著色相片換成了三張蝕刻畫，我認出那些畫原本是掛在亞瑟的飯廳裡。而一面原本立在柯比赫街公寓玄關的精美亮漆屏風，現在則擋住了盥洗台。

「都是些殘存的廢物。」亞瑟隨著我的目光望去。「我有幸能從事故中搶救出來。」

「來吧，布萊德蕭先生——」施洛德女士插話。「你來評評理。諾里斯先生說那些女神很醜。我倒一直覺得她們甜美可愛。當然，我知道有些人會覺得太老派。」

「我不會說她們醜。」我圓滑地回答。「但有時候做點改變也不壞。你不覺得嗎？」

「改變是生活的調劑。」亞瑟邊喃喃地說，邊從櫥櫃中拿出杯子。我瞄到櫃中有一整列的酒瓶。「想喝點什麼，威廉——茴香酒還是香甜酒？我知道施洛德女士喜歡櫻桃白蘭地。」

我終於可以在日光下好好看看他們倆，但一看竟深感兩人的反差之大。可憐的施洛德女士似乎老了很多，真的可說是老嫗了。她的臉龐因憂慮而添了許多垂墜和皺紋，儘管皮膚已抹上了厚厚一層脂粉，卻仍顯灰黃。她一直沒辦法好好吃飯。反觀亞瑟，他看上去顯然年輕多了。他的臉頰更肥厚，如同玫瑰花蕾般鮮嫩；他理了髮，修了指甲，還噴了香水。他戴了一只我沒見過的碩大綠寶石戒指，身上是貴氣的棕色新西裝。他的假髮讓人感覺更搶眼、更濃密，光滑、呈波浪狀的髮綹茂盛地覆蓋在太陽穴之上。他整體的外觀有種瀟灑，甚至放蕩不羈的情調，說他是知名演員或富有的小提琴家也不為過。

「你回來多久了？」我問。

「我想想，應該將近兩個月了……時光飛逝呀！我真要為自己疏於寫信道個歉。一直都太忙了！而施洛德女士似乎也不太確定你倫敦的地址。」

「我們兩個恐怕都不怎麼擅於寫信。」

「心有餘而力不足呀，老弟。希望你相信我。我一刻都沒忘記你。你能回來實在太令人高興啦。我感覺心中的一塊大石頭已經移去了。」

這話聽起來有點不妙。或許他又瀕臨破產了。我只希望可憐的施洛德女士不需要為此受苦。她坐在沙發上，酒杯在手，笑盈盈地傾聽著一字一句；她的腿太短，黑色絨皮鞋在地毯上方一吋之處懸盪著。

「布萊德蕭先生，你看。」她伸出手腕。「諾里斯先生送我的生日禮物。你可相信？我高興到哭出來了。」

那是一個別緻的金鐲子，想必要價至少五十馬克。我深受感動。

「你人真好，亞瑟！」

他臉紅了，手足無措。

「只是點不成敬意的小東西。我無法表達施洛德女士對我來說是多麼大的撫慰。我真希望能長期雇她當我的祕書。」

「噯，諾里斯先生，別說傻話了！」

「我跟你保證，施洛德女士，我是認真的。」

「布萊德蕭先生，你看他是怎麼取笑一個老太婆的。」

她有點醉意。亞瑟為她倒第二杯櫻桃白蘭地時，她灑了一些在衣服上。等到這意外引發的騷動平息之後，亞瑟說得出門去了。

「抱歉得打斷這歡樂的聚會……職責在身。希望今晚能再見到面，威廉。乾脆一起吃晚餐如何？這主意不錯吧？」

「很不錯。」

「那就八點再見囉。」

我起身去整理行李。施洛德女士跟到我的房間，堅持要幫忙。她仍然醉醺醺，不斷把東西放到錯誤的地方——襯衫放進了書桌抽屜，書本塞到衣櫥中跟襪子擺在一起——也不斷歌頌亞瑟的好。

「他真彷彿上天派下來的救星。我拖欠了一些房租，這是自從通貨膨脹那些日子以來就沒發生過的事。門房的老婆為此來找過我好幾次。她說：『施洛德女士，我們清楚你的為人，也不想為難你，但大家都得生活呀。』有幾個晚上我鬱悶到幾乎要把頭塞進烤箱。然後諾里斯先生來了。我本來以為他只是來探望我一下。『你前屋那間臥房收多少錢？』他問。我高興到一根羽毛就可以把我敲昏。『五十馬克。』我說。景氣那麼壞，我也不敢開高。我全身打顫，就怕他會認為太貴。結果你猜他怎麼回答？他說：『施洛德女士，好歹也要六十馬克才說得過去吧。不然根本是搶你錢嘛。』我跟你說，布萊德蕭先生，我差點要去親吻他的手了。」

淚水在施洛德女士的眼眶打轉。我真怕她會崩潰。

「他有定期付租金嗎？」

「從不延誤，布萊德蕭先生。簡直比你還要分秒不差。我從沒認識這麼特別的人。哎，你知道嗎？他連牛奶錢都不肯讓我墊繳再月結！他每週都會付清。我不喜歡欠人任何一分錢的感覺，他這麼說……真希望這世上有更多像他這樣的人。」

那天晚上，當我建議到常去的餐館吃飯，亞瑟出乎意料地反對。

「那裡太吵了，老弟。一想到得聽整晚的爵士樂，我敏感的神經就不舒服。菜色就更別提了，就連在這未開化的城市也是數一數二的差勁。我們去蒙馬特吧。」

「可是，親愛的亞瑟，那裡貴得要命。」

「沒關係，沒關係。人生如此短暫，可不能老計較著花費。你今晚是我的貴賓。讓我們在這幾小時裡拋開這殘酷世界的煩憂，盡情享受吧。」

「你人可真好。」

在蒙馬特餐廳，亞瑟點了香檳。

「碰上如此難得的良辰吉時，放寬一下我們嚴苛的革命生活規範，應該不為過吧。」

我笑道：「我得說，看來你的生意很興隆呀。」

亞瑟小心翼翼以拇指和食指捏著下巴。

「沒得抱怨，威廉。至少目前是如此。但未來恐怕就不怎麼樂觀了。」

「你還在做進出口貿易嗎？」

「不全然是……不是……唔，就某方面而言，或許是。」

「你之前都待在巴黎嗎？」

「多多少少。來來去去。」

「你去那裡做什麼？」

亞瑟不安地環顧這間豪華小餐廳，再用極其迷人的笑容說：

「我親愛的威廉，這是個非常誘導性的問題。」

「你是替拜爾工作嗎？」

「呃——部分是。沒錯。」亞瑟的眼裡浮現一股茫然。他試圖閃避這個話題。

「而你回到柏林之後見過他？」

「當然。」他突然懷疑地看著我。「為何這麼問？」

「不知道。上次見到你的時候，你對他似乎不甚滿意。如此而已。」

「拜爾和我好得很。」亞瑟語帶強調地說。停了一會兒，他又補充道：

「你沒告訴任何人我跟他有過一些紛爭吧？」

「當然沒有，亞瑟。你覺得我還能告訴誰呢？」

亞瑟明顯鬆了口氣。

「請原諒，威廉。我不該懷疑你那令人欽佩的謹慎。但要是一個不小心，拜爾與我不合的事傳了出去，我的立場會變得極其尷尬，你明白吧？」

我笑了。

「不，亞瑟。我一點也不明白。」

亞瑟面帶微笑舉起酒杯。

「對我有點耐心，威廉。你也知道，我向來喜歡保有一些小祕密。總有一天，我會給你一個解釋。」

「或者捏造一個。」

「哈哈，哈哈。看來你還是一樣刻毒呀……這倒提醒了我，我有欠考慮地跟安妮約了十點碰面……所以我們或許該趕快進入正餐了。」

「當然，你可千萬別讓她等。」

接下來的用餐時間，亞瑟詢問我關於倫敦的種種。柏林和巴黎兩個城市均被巧妙地迴避過去了。

亞瑟無疑讓施洛德女士的日常生活公式為之一改。由於他堅持每天早上要洗熱水澡，她得提早一個小時起床，好為老式小鍋爐添柴生火。她對此沒有抱怨，甚至好像還欣賞亞瑟為她增添的麻煩。

「他真是特別，布萊德蕭先生。與其說是紳士，其實更像個淑女。他房裡的每樣東西都有固定位置，如果沒照他希望的擺我就有麻煩了。但我還是得說，伺候一個這麼懂得惜物的人是種榮幸。你該瞧瞧他的襯衫，還有他的領帶。真是完美無缺！還有他那些絲質內衣！我有次跟他說：『諾里斯先生，你應該把那些給**我**穿才對，對男人來說也太精美了。』當然，我只是開玩笑。諾里斯先生很有幽默感。你知道，他每天要讀四份日報，更別提那些週末畫刊。他還不允許我丟棄任何一份呢。全都得照日期順序，不厭其煩地堆疊起來，放在櫥櫃上。有時一想到那積了多少灰塵，我就要抓狂。然後呢，他每一天出門前，都會給我一張像你手臂那麼長的訊息清單，讓我轉達給來電或來拜訪的人。我得記住他們所有人的姓名，還有哪些人他想見，哪些又不想見。現在，門鈴總是響個不停，全都是給諾里斯先生的電報、快遞、航空信和其他我也搞不清楚的東西。過去兩星期尤其嚴重。如果你問我，我會說女人是他的小弱點。」

「你為何會這麼認為呢，施洛德女士？」

「這個嘛，我注意到諾里斯先生老是收到巴黎來的電報。一開始，我會拆開來看，心想若是發生什麼緊急要事，諾里斯先生會想要立即知道。但我完全看不懂。電報全都來自一位名叫瑪歌的女士。其中有些還非常深情款款。『獻上我的擁抱』和『上一次你忘了附上香吻』之類的。我得說自己是絕對不敢寫下這種句子的。想想看郵局職員讀到會作何感想！這些法國妞肯定是臉皮夠厚。據我的經驗，一個女人如此招搖自己的情感，大概也不怎麼值得珍惜了……此外，她還寫了一大堆胡言亂語。」

「什麼樣的胡言亂語？」

「哦，我已經忘了大半。茶壺、水壺、麵包、奶油、蛋糕之類亂七八糟的東西。」

「可真古怪呀。」

「你說得沒錯，布萊德蕭先生。是很古怪……跟你說說我是怎麼想的吧。」施洛德女士壓低音量，目光朝門邊瞥去。或許她也染上了亞瑟的習性。「我相信那是某種密語。你明白嗎？每個字都有第二層意義。」

「一種密碼？」

「對，正是。」施洛德女士神祕兮兮地點頭。

「但這個女的為何要用密碼寫電報給諾里斯先生？你覺得呢？那似乎沒什麼道理。」

施洛德女士對我的天真報以微笑。

「哎，布萊德蕭先生，你雖然那麼聰明又有學問，但還是有所不知。只有我這種老太婆才會瞭解那些小祕密。事情相當清楚：這位自稱瑪歌的小姐（我不認為那是她的真名），肯定是懷了孩子。」

「而你認為那是諾里斯先生……」

施洛德女士使勁點著頭。

「再明顯不過了。」

「真的嗎？我得說，很難想像……」

「喲，你大可儘管笑，布萊德蕭先生，但我是對的，你等著看。諾里斯先生畢竟仍值壯年。我認識的一些男士年紀大到可以作他父親了，照樣成家。不然，她還能有什麼理由得要這樣寫電報呢？」

「我完全想不出來。」

「看吧?」施洛德女士得意洋洋地拉高聲音說:「你不知道。我也不知道。」

每天早上,施洛德女士就像一台小蒸汽引擎,拖著腳步高速穿過公寓,尖聲嚷著:

「諾里斯先生!諾里斯先生!你的洗澡水好了!不快點來鍋爐就要爆了!」

「老天!」亞瑟以英語喊道:「先讓我戴個假髮就好。」

若沒先開水解除爆炸的危險,亞瑟就不敢進浴室。施洛德女士會英勇地衝進去,將臉撇到一旁,用裹著浴巾的手使勁扭開熱水龍頭。如果已經非常接近臨界點,一開始會先排放蒸氣,同時鍋爐裡的水會邊滾邊發出如雷巨響。亞瑟就站在門邊看著施洛德女士在裡面奮戰。她一張臉因慌張咆哮而糾結,而他則準備隨時逃命。

亞瑟沐浴過後,街角的理髮店每天都會派一位小男孩上來,幫他刮鬍及梳理假髮。

「就算在亞洲的蠻荒——」亞瑟有次跟我說:「只要可以請人代勞,我從不自己刮鬍子。這種骯髒惱人的工作,會讓人心裡一整天都不舒服。」

理髮師離開後,亞瑟會呼喚我:

「請進,老弟,我現在可以見人了。我搽粉的時候來陪我聊聊天吧。」

他會套上雅緻的淡紫色外衣,坐在梳妝台前與我分享他各式各樣梳妝打扮的祕訣。他驚人地講究。認識他這麼久之後，我才發現他每次公開露面背後都有這麼一連串複雜的準備過程，真是大開眼界。比如說，我作夢也沒想到，他每週三次，每次十分鐘，要用一對鑷子打薄眉毛。（「是打薄，威廉，不是拔毛。那樣太娘娘腔，我很不喜歡。」）一個滾輪按摩器又佔去他每天寶貴的十五分鐘，接下來還要仔仔細細在臉頰各處抹上面霜（七至八分鐘），及些許恰到好處的脂粉（三到四分鐘）。修剪腳趾甲當然不是例行公事，但亞瑟通常會花點時間在腳趾上塗軟膏，以免起水泡或長雞眼。他也從來不省略用藥水漱口的程序。（「像我這樣每天要跟普羅大眾接觸的人，必須做好防範工作，抵禦病菌的入侵。」）而這一切還不包括他真正在臉上上妝的日子，（「我感覺這個早上需要一點顏色調劑，天氣實在太令人鬱悶了。」）或者每隔一週就要用脫毛液清理手背和手腕的重要洗手禮。（「我不喜歡被點醒我們跟猿猴的親屬關係。」）

好不容易完成這些繁瑣的作業，也難怪亞瑟面對早餐時總是胃口大開。他已成功將施洛德女士訓練成一位烤吐司高手；而她在頭幾天之後，端上來的煎蛋就再也沒有煎過頭了。亞瑟吃的果醬是由一位住在威爾默斯多夫區的英國女士手工自製，價格將近市價的兩倍。他用自己專屬的咖啡壺，是他從巴黎帶回來的；喝的是特別調配的咖啡，得由漢堡直接寄送過來。亞瑟是這麼說的：「經歷了漫長而痛苦的生活後，比起許多過度宣傳和過分評價的奢侈品，我現在更珍惜生活中一些小事物本身的價值。」

他十點半出門，然後到入夜之前我很少會再見到他。我忙著授課。午飯過後他習慣回家在床上躺個一小時。「信不信由你，威廉，我可以讓自己的頭腦完全放空整整一小時。當然，這只要多練習就行。要是少了午睡，我應該很快就會得精神病了。」

安妮小姐一週有三晚會來，讓亞瑟好好享受他獨特的癖好。他們的聲音在客廳也清晰可聞，而施洛德女士就坐在那兒幹針線活。

「我的老天爺！」她有次對我說：「真希望諾里斯先生別弄傷自己。他都這把年紀了，應該要更小心點才是。」

一天下午，約莫是我抵達柏林一週後，我剛好獨自一人在屋內。連施洛德女士都出門了。門鈴響起。是給亞瑟的電報，從巴黎發出。

這誘惑簡直難以抗拒！而我連掙扎一下都沒有。更方便的是，信封還沒有貼牢，到我手中就彈開了。

我讀道：「非常渴，希望另一個水壺的水趕快滾，親親乖男孩——瑪歌。」

我從房裡拿了瓶膠水，小心翼翼將信封貼好，然後將電報擱在亞瑟桌上就出門看電影。

當天晚餐時，亞瑟明顯意志消沉。他似乎一點食慾也沒有，只是坐在那兒直視著前方，眉頭深鎖。

「怎麼了？」我問。

「還不就那些事，老弟。這個邪惡世界的情勢。一點點**悲觀主義**。如此罷了。」

「振作點。真愛從來就不會一帆風順的。」

但亞瑟沒有反應。他甚至沒問我是什麼意思。用餐結束前，我得到餐廳後面打個電話。我返回時，他正聚精會神地讀著一張紙，見我靠近便趕忙塞進口袋。但他的速度不夠快。我已認出是那份電報。

10

亞瑟抬頭望著我，眼神有點過於天真無邪。

「對了，威廉……」他故作輕鬆地說：「你下週四晚上有事嗎？」

「目前沒有。」

「好極了。那可以邀請你參加一個小晚宴嗎？」

「聽起來很不錯。還有誰會去？」

「噢，只是個非常小的活動。只有我們倆和佩格尼茨男爵。」

亞瑟盡可能以最不經意的態度提起這名字。

「庫諾！」我驚呼。

「你似乎很驚訝，威廉，雖然還不至於不高興。」他一臉無辜。「我一直以為你和他不是很要好的朋友嗎？」

「我也這麼以為，直到上次相遇。他幾乎對我視而不見。」

「哦，老弟，請別介意我這麼說，但我想這肯定有一部分是出自你的想像。我相信他絕不會做這種事。完全不是他的作風。」

「你不是在暗指我胡謅吧？」

「當然不是，我一點也沒有懷疑你說的話。如果他真如你所說有點心不在焉的，八成是為了那繁重的職責操心。你大概也知道，他在新政府有一席之位。」

「我應該有在報紙上讀到過，沒錯。」

「總之，即便他真在你說的那個場合裡表現得有點奇怪，我也可以保證那是出於一些小誤會，而誤會早已冰釋了。」

我笑了。

「你用不著這樣神祕兮兮的，亞瑟。我已經知道事情一半的原委了，所以你大可直接告訴我另一半。我想，跟你的祕書有關吧？」

亞瑟皺起鼻頭，擺出一張可笑的苦瓜臉。

「別這樣稱呼他，威廉，拜託，直呼施密特就好。我不喜歡想起和他之間的關係。傻到將蛇當寵物養的人遲早會被反咬一口。」

「好，那就施密特吧……請繼續。」

「看來如同往常，你的消息比我所想的更加靈通。」亞瑟嘆了口氣。「好吧，好吧，要是你真想聽聽悲慘的真相，而且非聽不可。畢竟要回頭講起對我來說也是件苦差事。你應該知道，我在柯比赫街那最後幾個星期，都因財務上的焦慮而飽受折磨。」

「我是知道。」

「好吧，就別深入太多不堪的細節了，反正那些都無關緊要。總之我那時不得不設法籌錢。各種可行和不太可行的門路我都摸遍了。等到豺狼真的找上門，我只好把自尊先放進口袋，使出狗急跳牆的最後手段……」

「找庫諾借錢？」

「謝了，老弟。你照例為我的感受百般設想，替我帶過故事中最痛苦的部分……沒錯，我沉淪得徹底，打破了自己最神聖的原則——絕不向朋友借錢。（我確實將他視為朋友，一個親密好友。）沒錯……」

「而他拒絕了？那個小氣鬼！」

「不，威廉，這你就妄下斷語了。你錯怪他了。我完全不認為他會拒絕。恰恰相反。這是我頭一次找他商量錢的事。但施密特得知了我的意圖。我只能猜想他一直有計劃地偷拆我的信件。總而言之，他直接去找佩格尼茨，當面建議他別貸款給我，還提了各式各樣的理由，其中大部分都是荒謬的惡意中傷。儘管我對人性頗有閱歷，也很難相信竟然會遇上這種背信棄義的事……」

「他到底為何要這麼做？」

「多半是出自純粹的惡意吧。正常人很難理解他那扭曲的心靈是怎麼運作的。但這一次，那傢伙肯定是怕煮熟的鴨子就這麼飛了。你知道，通常都是他在安排這些借貸，且在把錢交出來之前私下還會先抽成……跟你說這些真是讓我羞得無地自容。」

「而我猜他沒弄錯？我是指，這一次你不打算分他任何一毛，對吧？」

「嗯，沒錯。他對客廳地毯的事擺出那麼窮凶惡極的態度之後，很難期望我繼續睜隻眼閉隻眼吧。你還記得地毯那件事？」

「怎麼可能忘。」

「這麼說吧。地毯事件是我們之間的導火線，不過我仍以最公平的態度盡力滿足他的要求。」

「那庫諾對這一切怎麼說？」

「他自然是心煩意亂，氣憤不已——而且我得說，還有點沒必要地苛刻。他給我寫了一封讓人極其不快的信。當然，措詞一如往常地相當文雅，但冷冰冰的。非常冷漠。」

「我很驚訝他竟然相信施密特，卻不相信你。」

「施密特肯定使出某些辦法跟手段去說服他。你或許也知道，我生命中有些事件能輕易讓人產生誤解。」

「而他把我也拖下水了？」

「很遺憾，的確如此。整件事最令我痛心的就是這個。我已滿身泥濘就算了，沒想到連你也被拖了進來。」

「他究竟跟庫諾說了我什麼？」

「他似乎暗示……我就直說吧，你是我邪惡罪行的同謀。」

「真該死。」

「不消說，他把我們倆都描繪成最深紅的布爾什維克分子。」

「這還真是過獎了。」

「這個嘛——呃——是沒錯。這當然也是一種看法。很不幸，革命的激情並不合男爵的脾胃。他對左翼分子的觀感有點粗淺。在他想像中，我們的口袋裡全塞滿了炸彈。」

「可是，儘管如此，他下週四還準備要跟我們共進晚餐？」

「哦，我可以高興地說，現在我們的關係已經大大改善了。回到柏林後我見了他許多次。當然，這得用上不少交際手腕，但我想多少已說服他，施密特的指控純屬無稽之談了。也藉著一絲運氣，我得以幫上他一點小忙。佩格尼茨本質上是個明理的人，向來通情達理。」

我笑道：「你似乎為了他惹上不少麻煩。希望一切都會證明是值得的。」

「我的個性，威廉，你也大可稱之為缺陷，就是無法忍受失去朋友，只要能免就盡量避免。」

「而我失去朋友，你也很憂心？」

「嗯，沒錯，可以這麼說。只要我覺得是我造成你和佩格尼茨之間的長期疏遠，即便是間接造成，也都會讓我悶悶不樂。如果任何一方心裡確實仍存有一點疑慮或芥蒂，我誠摯希望能藉這次的會面而化解。」

「我個人是不會放在心上。」

「很高興你這麼說，老弟。非常高興。老是懷恨在心實在太愚蠢了。人這輩子，可會因為不合時宜的自尊而失去很多東西的。」

「失去很多錢，這是一定的。」

「沒錯……那也是。」亞瑟捏著下頦，看上去若有所思。「不過我剛剛說的比較是從精神層面的角度出發，而不是物質層面。」

他的語氣中隱隱流露出溫和的非難。

「對了——」我問：「施密特現在在做什麼？」

「親愛的威廉……」亞瑟一臉痛苦。「這我怎麼會知道呢？」

「我以為他或許還會來煩你。」

「我在巴黎的頭一個月，他寫過一些信來，信中盡是荒唐的恐嚇與勒索。我都直接棄之不顧。在那之後，我就沒聽過任何消息了。」

「他沒有在施洛德女士那邊出現過？」

「謝天謝地，沒有，目前為止還沒有。我的惡夢之一，就是他不知從哪裡發現了這個地址。」

「我想他注定會發現吧，只是早晚而已？」

「別說這種話，威廉，別說了，拜託……眼下已經有夠多事要煩心，我真的煩不勝煩了。」

聚會當晚，前往餐廳的路上，亞瑟給了最後一點指示。「你會謹言慎行，對吧，老弟?別提及任何關於拜爾或我們政治信仰的事喔。」

「我還沒瘋。」

「當然，威廉。我無意冒犯，但有時即便是最小心的人也會失足……可能還有另一個小地方要注意：目前這個階段，不要直呼佩格尼茨的教名似乎是較明智的做法。這樣也可以維持點距離。畢竟這種事很容易造成誤解。」

「你別擔心，我會像根火鉗般一板一眼。」

「千萬別太拘謹，老弟，求求你。完全放鬆，完全自然就好。或許稍微帶點恭敬，但一開始這麼做也就夠了。讓他來主動。我們只是禮貌一點，含蓄一點，如此而已。」

「如果你再說下去，我就完全不知道到時該怎麼開口了。」

我們抵達餐廳時，庫諾早已坐在亞瑟訂的位子上。他指間的香菸幾乎燒盡，臉上掛著甚有教養的無聊表情。一見到他，亞瑟明顯嚇得倒抽一口氣。

「親愛的男爵，請務必原諒我。我怎樣也沒想到會發生這種事。我不是說八點半嗎？真的？所以你已經等了十五分鐘？我真是羞得無地自容了。真的，不知該怎麼道歉才好。」

亞瑟不迭的道歉似乎讓男爵和他自己都陷入了尷尬。他魚鰭似的手做了個虛弱、惹人反感的手勢，嘴裡咕噥著一些我聽不清楚的話。

「……太蠢了我，真不明白我怎麼會那麼愚蠢……」

我們全都坐下。亞瑟喃喃個沒完；他的致歉像支會變奏的曲調不斷延伸發展。他責怪自己的記憶，並回想其他記憶出錯的事件。（「這讓我想起在華盛頓時一件極其不幸的事：我完全忘了要參加西班牙大使館一個重要的外交宴會。」）他發現手錶出了毛病，並告訴我們最近錶走快了。（「每年差不多這個時候，我都固定將錶送到蘇黎世的製造商那邊檢修。」）而且他跟男爵保證了至少五次，說這個錯誤跟我完全無關。我巴不得馬上挖個地洞鑽進去。看得出來，亞瑟的緊張是下意識的；這些變奏顫顫巍巍，隨時都有崩解成噪音的危險。我很少見他如此囉嗦，更從沒見他如此無趣過。庫諾已隱身到他的單片鏡之後，臉龐跟菜單一樣凝重，一樣晦澀難明。

魚吃到一半，亞瑟已無話可說。一陣沉默隨之襲來，甚至比他的喋喋不休更令人難受。我們圍坐在高雅的小餐桌前，像三個全神貫注於艱困棋局的棋手。亞瑟搔弄著下巴，偷偷朝我投來絕望的目光，示意我聲援。我拒絕回應，繃著臉生悶氣。我之所以出席今晚的聚會，是認為亞瑟已多少修補了跟庫諾的關係。我以為邁向大合解的道路已經鋪設完成，結果完全不是這麼回事。庫諾仍對亞瑟疑心重重，而照亞瑟現在的行為舉止來看，這也難怪。我察覺到他懷疑的目光也不時落在我身上，然後再目不斜視地繼續用餐。

「布萊德蕭先生剛從英國回來。」亞瑟彷彿從我背後猛力一推，將我推到了舞台中央。他的語氣懇求著我好好演。他們倆現在都望著我。庫諾看似感興趣但仍一派謹慎，亞瑟則一臉卑劣。這兩人各有其滑稽之處，讓我不禁笑了出來。

「對。」我說：「這個月初回來的。」

「請問，你是待在倫敦嗎？」

「部分時間是。」

「真的？」庫諾的眼睛亮起溫柔的微光。「容我問一句，那邊情況如何？」

「我們九月的天氣挺宜人。」

「是嗎？我知道了……」他唇邊泛起一絲隱約淡漠的微笑，看來正在品味美好的回憶。單片鏡閃現著夢幻般的光澤。他高雅、保養良好的側影如今顯得憂愁、傷感、哀戚。

「我一向認為——」無可救藥的亞瑟插話。「九月的倫敦有種獨特的魅力。我還記得，一九零五年的秋天真是美不勝收。我常在早餐前散步到滑鐵盧大橋邊，欣賞聖保羅大教堂。當時我下榻薩弗伊酒店……」

庫諾顯然沒在聽他說話。

「那請問，皇家騎兵隊怎麼樣了？」

「還是老樣子。」

「是嗎？很高興聽到你這麼說。非常高興……」

我咧嘴一笑。庫諾也笑了，平淡而幽微。亞瑟突然粗魯地噗哧一笑，又連忙伸手掩嘴。隨後，庫諾將頭一仰，放聲大笑起來：「呵！呵！呵！」我之前從沒真正聽他笑過。他的笑是珍品，是古物，是上個世紀的餐桌邊所流傳下來的東西。那笑既充滿貴族氣派、男子氣概，也帶著虛假，如今已難得聽聞，除了在舞台劇中。他自己似乎也覺得有點窘，因此一鎮定下來，就以道歉的口吻加了句：

「真不好意思。你們瞧，我都記得非常清楚。」

「這讓我想起——」亞瑟傾身探向桌子，語氣變得猥褻。「一個過去常說的，關於某位貴族成員的故事……就稱呼他X閣下吧。我在開羅見過他一次，可以擔保，他真是個極其古怪的人……」

毫無疑問，這場聚會因此而得救了。我開始更自在地呼吸。庫諾在不知不覺間放鬆下來，從拘謹猜忌轉變成盡興歡樂。亞瑟找回了他的厚臉皮，變得低級又好笑。我們喝了一大堆白蘭地和整整三瓶波瑪葡萄酒。我說了個極端愚蠢，關於兩名蘇格蘭人跑進猶太教堂的故事。庫諾開始用腳輕輕推我。在一段短如晃眼的時間後，我瞧了瞧時鐘，發現已經十一點。

「我的老天爺！」亞瑟驚呼。「請見諒，我得先閃了。有個小約會……」

我一臉疑惑地看著亞瑟。我從沒聽過他跟人約在這麼晚的時間，何況今天也不是安妮之夜。不過，庫諾似乎完全不覺掃興。他萬般體恤地說：

「無妨，親愛的好友……我們完全理解。」他的腳在桌下踩著我。

等亞瑟離開後，我說：「我真的也該回家了。」

「哎，還早得很。」

「不早了。」我堅定地說，並微笑著將腳移開。他正剝著一根玉米。

「我很想讓你瞧瞧我的新公寓。搭車十分鐘就到。」

「我很樂意參觀，但不是今天。」

他微微一笑。

「那或許容我送你回家？」

「多謝了。」

一名英俊非凡的司機傲慢地行了個禮，將我們塞進巨大黑色豪華轎車的深處。當我們沿著選帝侯大街向前滑行，庫諾將我的手拖到他圍膝的毛皮毯下。

「你還在生我的氣。」他語帶責備地低聲說。

「我為何要生氣？」

「唉，不會錯的。恕我直言，你是在生氣。」

「我真的沒有。」

庫諾軟綿綿地捏了捏我的手。

「可以問你一件事嗎？」

「儘管問。」

「我不是想探人隱私，不過你相信柏拉圖式的友情嗎？」

「大概吧。」我說，語帶提防。

他似乎挺滿意這個答案。他的語氣變得更加信任。「你確定不上我家看看？就五分鐘？」

「今晚不行。」

「確定？」他捏了捏。

「確定。非常確定。」

「那改天晚上？」又捏了一下。

我笑著說：「我想白天會看得比較清楚，不是嗎？」

庫諾輕輕嘆了口氣，但沒有再追問。一會兒後，轎車停在我住處門外。我瞥了眼亞瑟的窗戶，見燈亮著。不過我沒有向庫諾提及此事。

「那麼，晚安，謝謝你送我一程。」

「請別這麼客氣。」

我跟司機點了點頭。「該跟他說送你回家嗎？」

「不用，謝謝。」庫諾語氣有點憂傷，但臉上仍強作微笑。「恐怕還不會回去，時候還早。」

他躺靠回座椅，面容仍凝結著笑。他的單片鏡映射著街燈若隱若現的透亮微光，接著便隨車遠去。

我一進屋，亞瑟就出現在他的臥室門邊，外套已脫只著襯衫。他看上去有點忐忑不安。

「已經回來啦，威廉？」

我咧嘴一笑。「你不高興見到我嗎，亞瑟？」

「怎麼會，老弟。這是什麼問題！我只是沒料到你會這麼快回來罷了。」

「我知道你沒料到。你的約會似乎也沒花多少時間。」

「那個啊——呃——就散了。」亞瑟打了個呵欠。他睏得連謊都懶得撒。

我笑道：「你是一番好意，我知道。別擔心，我們道別時已經和好如初了。」

他立刻一臉喜色。「真的？噢，我真是太高興了。先前還怕會發生什麼小阻礙。現在我可以放心睡覺去了。威廉，我得再一次感謝你無價的協助。」

「隨時樂於效勞。」我說。「晚安。」

11

十一月的首週，運輸業宣布罷工。天氣惡劣，濕氣襲人。戶外每樣東西都罩著一層油汙汙的落塵。少數電車仍有行駛，車前車後都站著警察。有些車遭受攻擊，窗戶被打破，乘客被迫下車。街上空蕩、潮濕、陰冷、灰暗。人們預期巴本（Franz von Papen）政府會宣布戒嚴。整個柏林對此似乎無動於衷。戒嚴、槍擊、逮捕，全都不是什麼新鮮事了。海倫·普拉特將錢押在施萊謝爾（Kurt von Schleicher）身上。「他是裡面最狡猾的一個。」她對我說：「聽著，我跟你賭五馬克。聖誕節之前他就會上台。要賭嗎？」我婉拒了。

希特勒跟右翼政黨的協商破裂，卍字旗甚至還跟鍾子鐮刀旗眉來眼去。據亞瑟的說法，兩個敵對陣營間已經有電話聯繫了。納粹衝鋒隊會跟共產黨人一同奚落破壞罷工的工賊，並朝他們丟擲石塊。在此同時，濕漉漉的廣告柱上，納粹的海報卻將德國共產黨描繪成穿著紅軍制服的骷髏怪。再過幾天就會有另一場選舉，今年的第四次了。人們踴躍出席政治集會，畢竟這比看電影或買醉便宜。年長者足不出戶，安坐在潮濕破舊的屋中，烹煮麥芽咖啡或淡茶，死氣沉沉地漫談著經濟崩盤。

十一月七日，選舉結果出爐。納粹少了兩百萬票。共產黨增加了十一席，在柏林贏了超過十萬票。我對施洛德女士說：「看吧，這都是你的功勞。」我們說服她下樓到街角的啤酒店投票；那是她有生以來第一次。現在，她就有如下注在贏家身上一樣歡欣鼓舞。「諾里斯先生！諾里斯先生！真想不到！我完全照你的話做，而結果真的跟你說的一模一樣耶！門房的老婆氣個半死。她關心選舉好多年了，還說這次納粹會再贏一百萬票。我跟你說，我好好嘲笑了她一番。我對她說：『啊哈，施耐德太太，你看，我現在也懂點政治了吧！』」

早上亞瑟跟我到威廉大街的拜爾辦公室走了一趟，依亞瑟的說法是：「去嚐嚐勝利的果實。」另外有幾百人似乎也抱著同樣的念頭。大批人群在樓梯上來來去去，光是要進入那棟建築就讓我們費盡千辛萬苦。每個人都精神抖擻，對著彼此吼叫、祝賀、吹哨、歌唱。我們奮力往上擠時，遇到正要下樓的奧托。他興奮得幾乎要將我的手擰斷。

「**天呀！**小威！**我們出頭啦！**看看誰還敢說要解散這個黨！誰敢說，我們就不客氣！老納粹已經沒戲唱了，肯定的。再過六個月，希特勒的衝鋒隊就一個都不剩了。」

他身邊跟了五、六個朋友。他們一一跟我握手，盛情可比久違的兄弟。在此同時，奧托整個人像隻小熊般撲向亞瑟。「什麼，亞瑟，你這老豬哥，你也在？真是太棒了！太開心了！嘿，我興奮到可以一拳打得你不省人事喔！」

他朝亞瑟的肋骨揮了一記深情的鉤拳，亞瑟被打得一陣扭動。幾個旁觀者同情地大笑。「老亞瑟好樣的！」奧托的一位朋友高聲呼喊。其他人聽到了這名字，開始口耳相傳。「亞瑟……誰是亞瑟？咦，老兄，你不知道亞瑟是誰嗎？」不，他們不知道，也不在乎。那只是個名字，是這些興奮的年輕人凝聚他們滿腔熱血的一個焦點。一招見效。「亞瑟！亞瑟！」的聲音從四面八方響起，不管是上方樓層、下方門廳，都有人喊著這名字。「亞瑟來了！」、「亞瑟萬歲！」、「我們要亞瑟！」的聲浪立即澎湃地捲來。上百個喉嚨不由自主地迸發出充滿生氣又半帶滑稽的巨大歡呼，一波接著一波。要命的老樓梯間為之搖撼，一小片灰泥塊從天花板脫落下來。這狹窄的空間有絕佳的迴響效果，其間所創造的音量又讓群眾興奮不已。一股強而有力的推擠朝內湧動，全都衝著那看不見的偶像而來。一波仰慕者一路向上推擠，和另一波從樓上滾滾而下的人群撞個正著。每個人都想摸摸亞瑟。手掌如雨落在他畏畏縮縮的肩頭。有人七手八腳地想將他舉到空中，結果差點讓他一頭栽在欄杆上。他的帽子已經被拍掉，我設法撿了回來，也預備好隨時去救他的假髮。亞瑟上氣不接下氣，兩眼昏花地想要應付這局面：「謝謝……」他勉力開口。「很榮幸……不足掛齒……要命！老天爺！」

若非奧托和他那幫朋友推開一條直達樓梯頂端的路，亞瑟恐怕早受重傷了。我們在他們橫衝直闖的強壯身軀後面踉蹌地追隨著。亞瑟緊抓著我的臂膀，半是害怕，半是怯生生的歡欣。「威廉，真沒想到他們竟然認識我。」他在我耳邊氣喘吁吁地說。

但群眾還沒打算放過他。我們現在來到辦公室門前，居高臨下，而擠在下方樓梯動彈不得、掙扎不已的大批人群也看到我們了。一見到亞瑟，又一陣巨大的歡呼聲震撼了整棟建築。「發表感言！」有人大吼。而這聲吶喊不斷迴響。「發言！發言！發言！」樓梯上的人開始有節奏地跺腳和喊叫。鞋子的重踏就如同巨型活塞的跳動一般有力。照這情況看來，如果亞瑟不做點什麼來阻止，整個樓梯間極可能都會垮掉。

在這危急的時刻，辦公室的門開啟了。拜爾親自出來瞧瞧這些喧囂是怎麼回事。他就像個寬容的校長，眉開眼笑又饒富興味地看著這一幕。這場騷動一點也沒讓他張皇失措。他很習慣了。他笑著和驚駭又困窘的亞瑟握手，並將一手安慰地搭在他肩頭上。「路德維希！」旁觀者大喊。「路德維希！亞瑟！發言！」拜爾對他們笑了笑，氣定神閒地比了個敬禮和解散的手勢，然後轉身，護送著亞瑟和我進入辦公室。外頭的喧囂逐漸平息成歌唱和不時嚷嚷的笑話。前屋的辦公室中，打字員正賣力地想在一群熱烈爭論的男女間專心工作。牆上貼滿了顯示選舉結果的新聞報導。我們一路推擠進入了拜爾的小房間，而亞瑟立即跌坐在一張椅子上，用那頂失而復得的帽子搧風。

「哎呀呀……真要命！我感覺相當、相當激動，彷彿就身處歷史的洪流之中，完全無力招架。對我們偉大的理想來說，今天真是個值得紀念的日子呀。」

拜爾眼神銳利，隱含興味地看著他。

「讓你很驚訝，是嗎？」

「這個嘛──呃──我得承認，我再怎麼樂天地作夢，也不敢妄想會有這麼決定性的──呃──勝利。」

拜爾讚許地點點頭。

「是很棒，沒錯。但我認為若過分誇大這次成功的重要性，就不太明智了。有很多因素促成這結果。你們是怎麼說的？暫時的震狀？」

「症狀。」亞瑟輕咳一聲，開口糾正。他的藍眼睛不自在地移往拜爾書桌上凌亂的紙堆上。拜爾朝他露出燦爛的笑容。

「喔，對，症狀。這是我們目前所處階段會出現的症狀。我們還沒準備好要跨過威廉大街。」他做了個有趣的手勢，直指窗外外交部和興登堡官邸的方向。「還早得很。」

「你覺得——」我問：「這表示納粹往後沒戲唱了嗎？」

他果斷地搖搖頭。「很不幸，並非如此。我們不能太過樂觀。這次的挫敗對他們來說只是一時的。你知道，布萊德蕭先生，經濟情勢對他們有利。我想我們的朋友不會沉寂太久。」

「唉，拜託別說這些讓人不愉快的話了。」亞瑟邊咕噥，邊玩弄著他的帽子，雙眼仍鬼祟地在書桌上探尋著。拜爾的目光亦步亦趨。

「你不喜歡納粹，是吧，諾里斯？」

他別具興味地問道。顯然此刻的他覺得亞瑟格外有趣。我感到困惑不解。他移到桌旁，好似不經意地整理起散在桌上的文件。

「你開玩笑吧！」亞瑟語氣驚訝地抗議。「這還用問嗎？我當然厭惡他們。那些令人作嘔的傢伙……」

「哦，那你就錯了！」拜爾刻意慢條斯理地從口袋中取出一把鑰匙，打開書桌的抽屜，再從中取出一個沉甸甸的密封包裹。他紅褐色的眼眸閃著挑逗的光芒。「這種看法不切實際。今日的納粹分子可能就是明日的共產黨員。一旦他們看清那些領袖會將他們帶往何方，或許就不難說服他們投靠了。我希望所有反對的聲音都可以如此克服。你知道，這種論點許多人都聽不進去。」

他面露笑容，手中翻轉著那個包裹。亞瑟的眼睛死盯在那上面，彷彿中了催眠。拜爾似乎以行使這種催眠般的力量為樂。不管怎麼說，亞瑟顯然極度不自在。

「呃——沒錯。好吧……或許你說得對……」

一陣詭異的沉默。拜爾的嘴角若有似無地微微一笑。我從沒見過他處在這種情緒狀態中。突然間，他似乎意識到手中拿著什麼。

「哦，對了，親愛的諾里斯……這些是我答應要給你看的文件。可以麻煩你明天送還給我嗎？你也知道，我們得儘快傳閱下去。」

「當然，沒問題……」亞瑟簡直是從椅子上一躍而起，接過那包裹。他就像隻受託看顧一塊糖的小狗。「我會好好保管的，我保證。」

拜爾只是微笑，什麼也沒說。

幾分鐘後，他慇勤地送我們從直通庭院的後樓梯間離開公寓。亞瑟得以避開他那群仰慕者。

我們走在街上時，他若有所思而且隱約有些不快。他嘆了兩次氣。

「你累了？」我問。

「不是累，老弟。不是……只是沉迷於我最喜愛的惡習：哲學空想。等你到了我這年紀，就會越來越清楚人生是多麼奇妙難解又錯綜複雜。就拿今天早上來說吧，那些年輕人單純的熱情深深打動了我。在那種時刻，人會感覺自己是如此一文不值。我想有些人是不受良心所苦的，但我不是那種人。」

關於這突如其來的感性之言，最怪異的是亞瑟顯然句句發自肺腑。這是一段真情的告白，但我完全無法理解。

「沒錯。」我試探性地敲邊鼓。「我有時候也會有這種感覺。」

亞瑟沒有回應，只是嘆了第三口氣。一陣憂慮的陰影突然劃過他的臉龐，接著，他慌忙用手指摸了摸口袋隆起處，那是拜爾交給他的文件。文件安在，他大大鬆了一口氣。

十一月平靜無波地過去。我的學生人數再度增加，忙碌不已。拜爾還拿了兩份長手稿給我翻譯。

有傳聞說德國共黨將被勒令解散；很快，就在幾週後。奧托對此不屑一顧。他說政府絕對不敢，黨會起而反抗。在他所屬的組織裡，每個人都有左輪手槍。他跟我說，他們將槍用線懸吊在集會所地窖中一個格窗的柵欄上，以免被警察搜到。近日警察出沒頻仍。聽說柏林會被徹底整頓一番。便衣已經好幾次突擊檢查歐嘉處所，但及至目前都無功而返。她非常小心謹慎。

我們跟庫諾吃了幾次飯，也在他的公寓喝過茶。他時而多愁善感，時而心事重重。內閣中持續上演的陰謀詭計大概令他憂心忡忡。他也懷念早先放蕩不羈的自由生活。公共職責將他跟我在梅克倫堡別墅中見到的那些年輕男子隔絕開來，現在只剩他們的相片可以提供他撫慰。那些相片全都貼在一本豪華相簿上，鎖進了一個隱密的櫥櫃。有天我和庫諾獨處時，他特別將相片展示給我看。

「有時，在夜裡，我喜歡望著他們。你懂嗎？然後我會對自己編故事，說我們全都居住在太平洋的一個荒島上。不好意思，希望你不會覺得這很傻？」

「一點也不會。」我跟他保證。

「我就知道你能理解。」他受到鼓舞，便進一步羞怯地掏心以告。世外荒島的幻想並不是天外飛來，他已經玩味好幾個月，逐漸發展成一種私底下的狂熱。在其影響下，他已經收藏了一小批男孩讀的故事書，語言多半是英文，設定全都是這種荒島大冒險。他跟書商說是要買給倫敦的外甥讀的。庫諾發現其中大多數著作無法令人全然滿意。故事中的成年人、埋藏的寶藏、非凡的科學發明等，對他來說都是多餘。只有一個故事真正取悅了他，書名叫《迷途七子》。

「我覺得這是天才之作。」庫諾相當認真，眼睛也綻射出熱忱的光芒。「如果你肯花些時間讀一讀，我會非常開心。你說呢？」

我將書帶了回家。此書在該類型作品裡的確不壞。七個年齡從十六到十九歲的男孩被沖上了無人島，而那島上有水和豐富的植物。他們身上沒有食物，沒有工具，只有一把斷掉的小刀。故事大致承襲了《海角一樂園》（The Swiss Family Robinson），以寫實筆法描述男孩如何打獵、捕魚、搭建小屋，最後終於獲救。我一口氣讀完，隔天就交還庫諾。聽到我稱讚此書時他很高興。

「你記得傑克嗎？」

「很擅長捕魚的那個？記得。」

「現在，請告訴我，他是不是很像關特？」

我不知道關特是誰，但很自然地猜測他是梅克倫堡派對上的其中一位客人。

「是啊，是有點像。」

「真高興你也這麼覺得。那東尼呢？」

「那個了不起的攀登專家？」

庫諾熱切地點頭。「他是不是讓你想起了漢茲？」

「我懂你的意思。」

我們就這樣將其他角色一個個拿出來談，庫諾也為那些泰迪、鮑伯、雷克斯、迪克都找了相應的人物。我很慶幸自己真的有讀完這本書，才得以高分通過這奇特的測驗。最後我們聊到吉米，這位書中的英雄，游泳冠軍，總是在危急時領導其他人，並能靈機一動化解所有危機的男孩。

「也許，你沒認出他來？」

庫諾的語氣忸怩，有點古怪又可笑。我意識到自己必須小心謹慎，萬萬不可給出錯誤的答案。但我究竟要說什麼？

「是有些想法……」我大膽地說。

「真的？」他臉紅了。

我點頭微笑，試著看起來胸有成竹，並等待著一點提示。

「你知道，他就是我。」庫諾滿口篤定，確信不疑。「就像我小時候。真的分毫不差……這作家是個天才。他說出了我一些別人不可能知道的事。我就是吉米，吉米就是我。真是太不可思議了。」

「的確非常奇妙。」我附和。

之後，我們又談了幾次關於荒島的事。庫諾精確地跟我說出他心目中的島是什麼樣子，鉅細靡遺地描繪一位位幻想同伴的外貌跟性格。他確實有極其鮮活的想像力。我真希望《迷途七子》的作者也能在場聽聽，他肯定會為自己無甚野心的創作所結出的奇異果實驚訝到瞠目結舌。我猜自己大概是庫諾在這話題上唯一的知己，而這感覺就像被迫加入某個祕密社團的倒霉鬼一樣尷尬。要是亞瑟跟我們在一起，庫諾那急欲擺脫他好跟我獨處的心思根本昭然若揭。亞瑟當然察覺了，並僅依表面所見來解釋我們私下的會面，令我惱火不已。即便如此，我還是沒勇氣洩漏庫諾那可憐的小祕密。

「我說……」我有次告訴庫諾：「你何不就真的去呢？」

「什麼？」

「你何不就拋開一切，前往太平洋，找個像書中那樣的小島，真的在上面生活呢？這不是沒有人做過。沒有理由你就不可以。」

庫諾悲哀地搖頭。

「抱歉，行不通。這是不可能的。」

他的語氣如此確切，如此憂傷，我只好沉默。日後，我再也沒提過這種建議。

隨著時序推進，亞瑟變得越來越鬱悶。我沒多久就發現他手頭的錢比先前少了。他並沒有抱怨。確切來說，他對自身問題變得極其隱諱。面對如此這般的經濟狀況，他盡可能低調：放棄計程車改搭公車，理由是兩者同樣便捷；避免去昂貴的餐廳，據他的說法是高級食物讓他消化不良。安妮登門造訪的次數也降低了。亞瑟開始早早上床。他白天不在家的時間比以往更長了。我發現他花了很多時間往拜爾的辦公室跑。

沒多久，另一封從巴黎發出的電報來了。施洛德女士對此的好奇跟我一樣無恥。我不費吹灰之力就說服她趁亞瑟回來睡午覺前，用蒸汽融開信封。我倆頭挨著頭，讀道：

你寄的茶完全不行，不懂為何會相信你，找別的女孩去，無吻。

瑪歌

「看吧。」施洛德女士以高興又嫌惡的語氣高聲說：「她一直想斷。」

「到底是……」

「哎唷，布萊德蕭先生！」她性急地輕拍了一下我的手。「你怎麼這麼遲鈍呢！當然是那個嬰兒呀。他一定寄了什麼東西給她……唉，這些男人！要是他來找我，我就會為他指點指點。絕不會失敗。」

「老天，施洛德女士，千萬別跟諾里斯先生提起這件事。」

「喔，布萊德蕭先生，這你可以放一百萬個心！」

儘管如此，我想她的舉止肯定讓亞瑟察覺到我們做了什麼，因為自此之後，不再有法國電報送來。我猜精明的亞瑟已安排電報送到別的地址去了。

然後十二月初的一個晚上，亞瑟不在家，而施洛德女士正在洗澡，門鈴響了。我去應門。門後站著施密特。

「晚安，布萊德蕭先生。」

他看上去邋遢寒酸，那張油膩的大餅臉一片慘白。我起先還以為他一定是醉了。

「你要幹嘛？」我問。

施密特令人不快地咧嘴笑笑。「我要見諾里斯。」他肯定看穿了我的心思，於是補了句：「你不需要跟我扯謊，我知道他現在就住在這裡。明白嗎？」

「反正你現在見不到他。他出門了。」

「你確定他出門了？」施密特透過半閉的眼睛，笑著打量我。

「百分之百肯定。不然我不會這麼說。」

「所以……我明白了。」

我們站著凝視對方好一會兒，笑容的背後是滿心厭惡。我很想當著他的面將門甩上。

「讓諾里斯先生跟我見一面會比較好。」一陣沉默後，施密特以一種隨興輕鬆的口吻，一副首度提起這話題的樣子說道。我盡可能偷偷將腳緣頂住門，以防他突然來硬的。

「我想——」我和氣地說：「這得由諾里斯先生自己決定。」

「可以跟諾里斯先生說我來了嗎？」施密特瞄了瞄我的腳，放肆地露齒而笑。我們的聲音輕柔低調，任何經過樓梯間的人都會以為我們是兩個正在寒喧的鄰居。

「我已經跟你說過了，諾里斯先生不在家。你是聽不懂德語嗎？」

施密特的笑容令人格外有種被冒犯的感覺。他的瞇瞇眼帶著某種興味，某種有所保留的非難打量著我，彷彿我是一張拙劣的畫。他說話慢條斯理，刻意按耐著性子。

「那能否請你幫我傳個話給諾里斯先生？不會太麻煩吧？」

「好，我會轉達。」

「能否麻煩你跟諾里斯先生說，我會再等三天，但最多就三天？你明白嗎？本週末，如果我還沒他的消息，就會照我信上所說的去做。他知道我的意思。或許他以為我不敢。那麼，他很快就會發現自己犯了大錯。我不想惹是生非，除非他自找麻煩。我也得生活……我得顧好自己，就跟他一樣。我會據理力爭。他別以為可以把我扔進陰溝裡不管……」

他竟然全身打顫。某種暴烈的情緒、盛怒或極端的虛弱讓他的身子抖個不停。我一度以為他就要倒下。

「你病了嗎？」我問。

我的問題在施密特身上產生非同小可的效果。他油膩、輕蔑的笑容僵化成一張滿布恨意的緊繃面具。他完全失控，朝我走近一步，毫不馬虎地對著我的臉大吼：

「這不干你屁事，聽見沒？你只管把我說的告訴諾里斯。如果他不照辦，我會讓他痛不欲生！你也一樣，蠢豬！」

他歇斯底里的暴怒瞬間感染了我。我退後一步，猛力將門一甩，希望可以砸到他那張直往前伸、吼叫不停的臉，直接給他下顎來上一記。但沒有碰撞發生。他的聲音像被抬起了唱針的留聲機般驟然停止。他也沒再發出任何聲音。我站在關上的大門後，心臟因憤怒而劇烈跳動，同時聽著他的腳步輕聲穿過樓梯平台，下樓遠去。

12

一小時後，亞瑟返家。我跟著他進房通報消息。
「施密特剛來過。」
就算亞瑟頭上的假髮突然被一名漁夫釣走，他的臉色大概也不會像現在這麼驚訝。
「威廉，拜託有什麼壞消息趕快說，別讓我七上八下的。什麼時候的事？你親自見到他？他說了什麼？」
「他想勒索你，對吧？」
亞瑟迅速看向我。
「他承認了？」
「他用不著開口我也猜得到。他說有寫過信給你，還說若週末前你沒照他說的去做，就會有麻煩。」
「他真這麼說？老天……」
「你該告訴我他寫過信來的。」我語帶責備。

「我知道，老弟，我知道……」亞瑟一臉苦惱。「在過去兩週裡，這事好幾次都到了我嘴邊，但我不想讓你擔無謂的心。我一直希望一切會在不知不覺間自動煙消雲散。」

「聽我說，亞瑟。重點是：施密特真的握有什麼能對你造成傷害的把柄嗎？」

他本來一直焦慮地在房內踱步，現在，這個衣衫不整的慘淡身影跌坐在椅子上，可憐兮兮地審視著自己的帶扣短靴。

「有，威廉。」他的聲音細小而愧疚。「恐怕他真的有。」

「他知道些什麼？」

「我真的……即使是對你，我也沒辦法細數自己不堪的過去。」

「我不用聽細節。我只要知道施密特會不會把你牽扯進任何刑事犯罪裡。」

亞瑟思考了一會兒，凝神搔著下巴。

「我不認為他有這膽量。不會的。」

「我可不敢這麼肯定。」我說：「在我看來，他的處境似乎很糟。狗急會跳牆。他那樣子好像連飯都吃不飽。」

亞瑟再次起身，在房內快速兜轉，步伐細碎而焦躁。

「我們鎮定點，威廉，一起安靜地想想辦法。」

「依你對施密特的瞭解，如果先拿筆錢打發他，他會就此閉嘴收手嗎？」

亞瑟毫不遲疑地回答：

「我敢肯定不會。這只會讓他食髓知味，得寸進尺……老天啊，老天！」

「要是你就此離開德國呢？這樣他還有辦法威脅你嗎？」

亞瑟在極端煩躁的姿態中驟然止步。

「不行吧，我想……那樣，不，肯定沒辦法。」他驚慌地望著我。「你該不會真建議我這麼做吧？」

「似乎極端了點。但還有其他選擇嗎？」

「我看是沒有。」

「我看也是。」

亞瑟絕望地聳了聳肩。「是啊，是啊，親愛的老弟，說得簡單，但哪來的錢呢？」

「我以為你現在不是挺寬裕的嗎？」我稍微故作驚訝。亞瑟原本直視我的目光躲避似地往下一滑。

「只有在某些條件下才是。」

「你是說，只有在這裡你才賺得到錢？」

「這個嘛，多半是……」他不喜歡這種咄咄逼人的詰問，開始渾身不自在。我忍不住要瞎猜一番。

「但巴黎那邊有付你錢吧？」

一語中的。亞瑟不實的藍眼睛閃現一絲驚愕的火光，但僅此而已。或許他對這問題並不是全無防備。

「親愛的威廉，我完全不明白你在說什麼。」

「算了，亞瑟。這不關我的事。我只是想幫你，如果我幫得上。」

「你是一片好心，老弟，我相信。」亞瑟嘆氣。「這真的是太煎熬，太複雜了……」

「無論如何，至少有一點是清楚的……現在，最好的辦法就是立即拿些錢塞住施密特的嘴。他要多少？」

「先給一百馬克。」亞瑟以幾不可聞的聲音說：「然後每週五十馬克。」

「簡直是獅子大開口。你想你湊得到一百五十馬克嗎？」

「必要的話，應該可以。不過得用非常手段。」

「我知道，但這最後會替你省卻十倍的麻煩。我的建議是，你寄給他一百五十馬克，並附上一封信，保證餘款會在一月一號——」

「真的嗎？威廉——」

「先聽我說。這段期間，你要安排在年底前離開德國。這樣就有了三週的寬限。若你現在乖乖付錢，到年底前他都不會再來煩你。他會認為已經吃定你了。」

「對，我想你說得沒錯。我得讓自己接受這想法。這一切都太突然了。」亞瑟轉瞬間義憤填膺。「可惡的陰險小人！就別讓我逮到機會徹底解決他……」

「放心，他不會有好下場的，只是早晚的事。當前最重要的是湊足錢送你上路。我猜你沒有人可以借了吧？」

但亞瑟的思緒已經飄往另一個方向了。

「我會找到解套的辦法。」他的語氣開朗了許多。「給我點時間想一想。」

亞瑟想著想著，一個星期過去了。天氣沒有好轉，陰沉的短晝讓我們所有人的情緒都受到影響。施洛德女士抱怨背痛。亞瑟的肝臟出了點毛病。我的學生遲到早退且屢教不會，讓人既氣憤又沮喪。我開始厭惡我們昏暗的公寓、我窗戶正對面那醒目的破舊屋面、潮濕的大街，也受不了我們去吃經濟簡餐的那家悶熱且吵雜的館子，還有簡餐裡那燒焦的肉、那永遠不變的德國泡菜、那湯。

「老天爺！」有天晚上我對亞瑟嚷道：「只要能讓我離開這鬼城鎮一兩天，要我怎樣都行！」

亞瑟原本鬱鬱出神地剔著牙，此時若有所思地望著我。有點出乎我意料，他似乎準備好對我的牢騷表示關心同情。

「我得說，威廉，我發現你最近不像先前那麼活潑有生氣。說真的，你的臉色蒼白了許多。」

「是嗎？」

「我看你最近恐怕是工作過度了。待在戶外的時間不足。像你這樣的年輕人需要充分的運動和新鮮的空氣才對。」

我笑了，既感有趣又略微困惑。

「亞瑟，你好像醫生在對病人說教喔。」

「我的老弟呀……」他裝作有點受傷的樣子。「我這麼誠摯地關心你的健康，竟還被你嘲笑，真讓人遺憾。好歹我的年紀也可以作你父親了，有時候代替父母嘮叨兩句也無可厚非吧。」

「請原諒孩兒不肖，老爹。」

亞瑟微笑，笑中藏著些許慍怒。我沒有接上他理想中的答案，他也因此無法順利接上自己的話題，不管那究竟是什麼。總之，他試著不著痕跡地提起。經過一陣躊躇後，他再次嘗試。

「話說，威廉，在你的旅遊經歷中，可曾走訪過瑞士？」

「實不相瞞，我曾在日內瓦的寄宿學校待了三個月，想學法文。」

「對喔，你好像提過。」亞瑟不自在地咳了一下。「不過我指的其實是那邊的冬季運動。」

「沒有，興趣不大。」

亞瑟看上去大吃一驚。

「哎呀，老弟，請別介意我這麼說，我覺得你太小看體育活動了，我說真的。我絕不是要貶低心靈活動。但是請記住，你還年輕呀。我不希望看到你剝奪了自己享受某些樂趣的機會，而這些樂趣往後無論如何都是難以重溫的。再坦白點說，這無非是有點故作姿態吧？」

我笑開了。

「恕我直言，我想請問，你自己二十八歲的時候，從事哪種運動呢？」

「這個嘛——呃——你也知道，我的身體一直很虛弱。我們的情況完全不一樣。儘管如此，我不妨告訴你，有次待在蘇格蘭的期間，我成了一位相當投入的漁夫。事實上，我經常捕獲那些有著紅褐色斑紋的漂亮小魚。那種魚的名字我一下想不起來了。」

我邊笑邊點起一根香菸。

「好了，亞瑟，演完慈愛父親的精彩好戲，該說說你在打什麼主意了吧？」

他嘆氣，既無可奈何，又懊惱不已，或許也有幾分如釋重負。他用不著再惺惺作態了。再次開口時，他的語氣已完全不同。

「威廉，我不知道自己到底為何要這麼拐彎抹角。我們認識也夠久了。對了，從我們初次相遇到現在，有多久了啊？」

「超過兩年了。」

「真的？有這麼久？讓我想想。沒錯，你說得對。如我剛說的，我們認識得夠久，所以我很清楚你雖然年紀輕輕，但已是個成熟世故的人……」

「你可真會說話。」

「跟你保證，我是很認真的。現在，我要說的只是（不過這一切只是個極其模糊的可能性，請別太放在心上，因為除了你的意願之外，至為關鍵的是，整件事需要第三方的同意，而該方目前對此計劃尚一無所知）……」

在這一長串插入語後，亞瑟停下來喘口氣，也要克服自己對開誠布公那與生俱來的反感。

「我現在只是想問：這個耶誕假期，你是否有興趣到瑞士待個幾天？就在某個冬季運動度假勝地？」

終於坦白以告之後，他變得手足無措，不斷閃避我的目光，還緊張地摸起瓶罐架。顯然他的神經耗費了好大一番力氣，才得以開口說出這項提議。我注視了他一會兒，接著出乎意料地突然笑了起來。

「哎，我的媽呀！這就是你費了老半天勁兒想要說的啊！」

亞瑟有點害羞地和我一起笑，同時偷偷端詳我驚愕的表情，各個面向都不放過。隨後，他在他認為顯然已是補話的最佳時機，說上一句：

「當然，一切花費都不用你操心。」

「但這到底是……」我正要開口。

「別放心上，威廉，別放心上。這只是一個想法罷了。或許不會——很可能不會成真。現在就請別多問了。我只想知道：這事你是否願意考慮看看，還是完全不考慮？」

「沒什麼是不能考慮的。但有好多細節我想先弄清楚，比如說……」

亞瑟舉起他纖細白皙的手。

「先別問，威廉，拜託。」

「就一個問題：我該……」

「我現在什麼都無法討論。」亞瑟堅決地打斷我。「就是不能。」

接著，彷彿害怕會管不住自己的嘴，他立刻招呼侍者買單。

大半個星期過去，亞瑟沒再提及神祕的瑞士計劃。我相當努力地克制自己不要去提醒他；或許那跟其他許多絕妙的計劃一樣，早已被他拋到腦後。何況，眼前還有更重要的事要想。聖誕節就要來臨，今年很快就會結束；然而，據我所知，他一點也沒有在為逃跑湊錢的跡象。當我問起，他含糊其詞。當我催促採取行動，他顧左右而言他。他似乎陷入一種危險的惰性，顯然低估了施密特的惡意與殺傷力。我可沒有。我無法輕易忘懷對祕書那張臉的最後一瞥是何其令人不快。亞瑟置身事外的樣子有時幾乎叫我抓狂。

「別擔心，老弟。」他會邊含糊不清地咕噥，邊心不在焉地撥撚著上好的假髮。「將來的事就等將來再煩惱……沒錯。」

「真等到那一天——」我反駁：「你接下來的兩三年都會煩惱個沒完。」

隔天早上，有件事證實了我的恐懼。

我坐在亞瑟的房間，按例旁觀著他梳妝打扮的儀式，此時電話響起。

「可以麻煩你去看看誰打來嗎，親愛的老弟？」亞瑟拿著粉撲說。只要可以避免，他從不親自接電話。我拾起話筒。

「是施密特。」一會兒後，我掩著話筒大聲宣布，聲音中不能說沒有一點幸災樂禍。

「老天！」如果追殺他的人就站在臥房門外，他大概就是這副慌張的模樣了。那焦急的目光甚至有一瞬間掃過床下，彷彿在估量可以容身躲藏的空間。

「隨便跟他說什麼都好。就說我不在家……」

「我想——」我堅決地說：「你親自跟他說會比較好。反正他又咬不到你。或許你也會比較清楚他究竟有什麼打算。」

「唉，好吧，如果你堅持……」亞瑟不情不願。「我得說，我覺得這完全沒必要。」

他手持粉撲有如防衛武器，躡手躡腳地朝話機前進。

「是的，是的。」他的酒窩在臉頰側邊抽動。接著，他像隻神經質的獅子咆哮：「不……不是這樣，真的……拜託先聽我說……不行，沒騙你……我沒辦法……」

他的聲音逐漸減弱成時而抗議時而哀求的低語。最後他搖晃著聽筒架，陷入無濟於事的愁苦。

「威廉，他掛斷了。」

亞瑟的沮喪太過滑稽，我忍不住微笑。「他跟你說了什麼？」

亞瑟穿過房間，重重跌坐在床上。他似乎精疲力盡。粉撲從癱軟的指間滑落地板。

「他讓我想起了毒蛇，不聽弄蛇人指揮的那種……真是個怪物呀，威廉！願你一輩子都不會被這種惡鬼纏上……」

「告訴我他說了什麼。」

「就是一味的威脅恐嚇，老弟。大多前言不對後語。我覺得他只是想提醒我他的存在吧。還有他很快就會需要更多錢。要我跟他說話實在太殘忍了，搞得我接下來一整天都會心煩意亂。來摸摸我的手，抖個不停呀。」

「可是，亞瑟……」我撿起粉撲放在梳妝台上。「光煩惱是沒用的。這一定是給你的警告。你看，他是來真的。我們得想點辦法才行。你有任何計劃嗎？有什麼可以採行的手段？」

亞瑟費力打起精神。

「對，對，你說得對，當然。木已成舟。應該要採取些應對措施。事實上，一刻都不該浪費。能否麻煩你幫忙撥給**長途接線生**，說我要轉接巴黎？這時候應該不會太早吧？不會……」

我撥通亞瑟給的電話後，隨即識相地留他獨自一人，直到晚上才再見到他。我們照舊約在餐館共進晚飯。我馬上注意到他開朗了許多。他甚至堅持我們該喝葡萄酒，看我猶豫便說酒錢由他來出。

「紅酒促進健康。」他勸說。

我露齒而笑。「還在擔心我的健康？」

「你真是非常刻薄。」亞瑟笑著說。但他不為所動。一兩分鐘後，我直截了當地問起事情的進展，他則回答：

「我們先吃飯吧，老弟。對我耐心點，拜託。」

但即便用完餐，我倆點的咖啡也都已送上（又一額外的奢侈享受），亞瑟似乎仍不急於報告新消息。他反而對我最近做了什麼深感興趣，我收了什麼學生，我在哪裡吃午餐，諸如此類。

「我想，你最近沒見到我們的朋友佩格尼茨吧？」

「事實上，我明天就要跟他喝茶。」

「真的嗎？」

我忍住不笑。到了現在，我已經看透亞瑟一貫的手法了。他語氣中新起的弦外之音，雖然討好地隱藏著，但還是逃不過我的耳朵。於是，我們終於講到了重點。

「要我幫你傳什麼話嗎？」

亞瑟一臉滑稽相。我們興致勃勃地審視著彼此，有如兩個夜復一夜在不賭錢的牌局中算計著對方的牌手。我們不約而同地笑了出來。

「你究竟想從他身上撈些什麼？」我問。

「威廉，拜託……你把事情說得太不堪了。」

「這樣省時間。」

「對，對，你說得對。時間，哎呀呀！現在可是非常重要的。很好，這麼說吧，我急於跟他做點小生意。或者該說，幫他介紹個做生意的機會？」

「你可真好心！」

亞瑟嘻嘻笑道：「我很好心，對吧，威廉？這點很少人能理解。」

「是什麼樣的生意？什麼時候要進行？」

「那還有待分曉。希望很快。」

「我猜你能從中得到點賺頭吧？」

「這是自然的。」

「很大的賺頭？」

「事成的話，沒錯。」

「足夠讓你離開德國？」

「哦，綽綽有餘。其實，簡直是顆小金蛋了。」

「那可真太好了，是吧？」

亞瑟不安地攪著頭髮，並極其仔細地審視自己的指甲。

「很不幸，其中有些技術上的困難。一如既往，我需要你寶貴的忠告。」

「沒問題，說來聽聽。」

亞瑟考慮了一會兒。我看得出來他在猶豫該告訴我多少。

「主要是——」他終於開口。「這筆生意不能在德國進行。」

「為何不行？」

「因為會招來太多的關注。交易的另一方是位知名商人。你大概也知道，商界高層是個相對窄小的圈子。他們會注意彼此的一舉一動。任何消息，光是一點點風吹草動，都會瞬間傳遍整個圈內。如果這個人要來柏林，此地的商界人士在他抵達前就會知道。而保密對此事有舉足輕重的影響。」

「一切聽起來都很令人興奮，但我不知道庫諾也在做大生意呀。」

「嚴格說起來，他沒有。」亞瑟刻意閃避我的眼神。「這僅僅是一點副業。」

「我明白了。那這會面你打算在哪裡進行？」

亞瑟謹慎地從面前的小碗中挑出一根牙籤。

「這個嘛，親愛的威廉，就是我希望你提供寶貴意見之處。當然，這地方必須離德國邊境不遠。某個人們在這時節可以去度假，卻不會引起注意的地方。」

亞瑟慢悠悠地將牙籤折成兩段，並列在桌布上，頭也沒抬就補了句：

「我想到瑞士，不知你覺得如何？」

我們沉默了一段相當長的時間，臉上都掛著微笑。

「原來是這麼回事？」我終於開口。

亞瑟再將牙籤折成了四段；他抬眼看著我，目光虛假，笑容純真。

「你猜得沒錯，老弟，就是這麼回事。」

「好呀，好呀，你這狡猾的老東西。」我笑著說：「我終於理出一點頭緒了。」

「得說實話，威廉，我發現你的理解力變差了。這一點也不像你喔。」

「真抱歉，亞瑟。但這些謎語搞得我暈頭轉向。何不乾脆別打啞謎，直接從頭說起？」

「放心，老弟，關於這件事我會知無不言，但其實我知道的也不多。好吧，長話短說，佩格尼茨對德國一間最大的玻璃工廠有興趣。是哪間並不重要，你在董事名單上也找不到那人的名字，但他在檯面下極具影響力。當然，我也不會假裝真的懂這些事。」

「玻璃工廠？好吧，聽起來是沒什麼害處。」

「哎唷，親愛的老弟……」亞瑟焦急地保證道：「當然沒害處囉。別讓謹慎多疑的天性干擾了你的判斷力。如果你覺得這個提議乍聽之下有點奇怪，只是因為你還不習慣高階金融界的作業方式。哎，這種事可是每天都在發生的。隨便找個人問問就知道。最大的生意幾乎都是在檯面下談成的。」

「好了！好了！繼續。」

「讓我想想。說到哪了?喔，對。現在，我在巴黎最要好的朋友，一位著名的金融家——」

「一位自稱瑪歌的仁兄?」

但這一次我沒有讓亞瑟措手不及，甚至無法猜到他有沒有因此感到驚訝。他只是笑了笑。

「你還真敏銳，威廉!好吧，或許如此。總之，方便起見，我們就稱他瑪歌吧。沒錯……無論如何，瑪歌非常渴望跟佩格尼茨見上一面。雖然他沒有具體明說，但我清楚他想跟佩格尼茨提議以某種方式聯合兩人的公司。但這完全是非正式的，也不會涉及我們。至於佩格尼茨，他得聽過瑪歌的提議後，自行決定這對他的公司是否有利。這相當可能，甚至十之八九是有利的。如果不然，也沒什麼損失。瑪歌只能怪自己。他要求我的只是安排他跟男爵可以自在地於第三地見個面，能避開一大堆財經記者的騷擾，安靜地好好談談。」

「而一撮合他們，你就能拿到現金?」

「一旦他們碰上面——」亞瑟壓低了聲音。「我就能拿到半數。事情談成的話，我才能拿到另一半。但最糟糕的是，瑪歌堅持要立即見到佩格尼茨。他每次一想到什麼總是這樣急如星火。極沒耐心的一個人……」

「而他真的準備給你這麼大一筆錢，只要你安排會面?」

「要知道，威廉，這對他來說只是點零頭。如果交易成功，他大概會賺進數百萬。」

「好吧，我只能說，恭喜了。這筆錢應該不難賺。」

「很高興你這麼認為，親愛的老弟。」亞瑟的語氣中帶著戒心與疑慮。

「怎麼，有困難嗎？不就只是聯絡庫諾，將整件事解釋給他聽就得了？」

「威廉！」亞瑟有如驚弓之鳥。「那就完蛋了！」

「我看不出為何會完蛋。」

「你看不出？說真的，老弟，在我心目中你應該更精明才是。不行，那是絕對行不通的。你不像我那麼瞭解佩格尼茨。他對這種事格外敏感，而我正是付出了代價才有所領悟啊。他會認為這是不正當地干預他的事務，他會立即退縮。他具有真正的貴族性格，在這搶錢的時代實屬罕見。我承認很欽佩他這點。」

我咧嘴一笑。

「如果有人提供賺大錢的機會，他卻覺得受到冒犯，這種商人還真是萬中無一呀。」

亞瑟聽了相當激動。

「威廉，拜託，現在不是耍嘴皮的時候，你肯定懂我的意思。佩格尼茨拒絕將私事與公事混為一談，我個人也完全同意。由你或由我提議去跟瑪歌或其他任何人商談，都是不恰當的。他也會對這件事產生極大的反感。因此，我拜託你，不管怎樣，別跟他洩漏任何一個字。」

「我當然不會。別激動。可是，亞瑟，我沒弄錯的話，你是希望庫諾在不知道會跟瑪歌碰面的情況下，跑去瑞士？」

「你真是一針見血。」

「嗯……這的確讓事情變得有點複雜。儘管如此，我還是看不出有何特別為難之處。庫諾反正八成會去運動度冬。他還挺熱衷的。我不太明白的是，我要怎麼幫得上忙？只是跟去湊人頭充場面，或是提供笑料緩和氣氛，還是怎樣？」

亞瑟挑出另一根牙籤，折成兩段。

「我正要說到這個，威廉。」他語氣小心地不帶情感。「你呢，恐怕得獨自跟他去。」

「單獨跟庫諾去？」

「沒錯。」亞瑟說話的速度開始因緊張而加快。「礙於幾個理由，我不太可能同行或親自處理此事。首先，一度離開了這個國家卻又再回來，而想當然我勢必得回來，就算只有幾天，也實在是太奇怪了。第二，這個一同參與冬季運動的建議，若由我開口，聽起來會非常不自然。佩格尼茨很清楚我既沒體格，也沒興趣從事這些活動。不過，如果由你開口，就非常合情合理，對吧？他八成會迫不及待要跟如此年輕迷人的旅伴同行。」

「好，我大概能理解了……但我要怎麼跟瑪歌接頭呢？我連他長什麼樣子都沒見過。」

亞瑟手一揮駁回了這些困難。

「這就交給我跟他來傷腦筋，老弟。放鬆心神，忘掉今晚我跟你說的一切，好好享受就行了。」

「就這樣？」

「就這樣。一旦讓佩格尼茨跨過邊界，你的任務就結束了。」

「聽起來真輕鬆愜意。」

亞瑟的臉立即亮了起來。

「所以你會去囉？」

「我得考慮考慮。」

他捏著下巴，一臉失望。牙籤被折成了一段段。漫長的一分鐘過後，他遲疑地說：

「相關開銷，我應該跟你說過，都會預先支付。除此之外，還會提供一點小心意作為答謝。」

「免了，多謝，亞瑟。」

「請原諒，威廉。」他聽起來寬心不少。「我早該知道你不會接受的。」

我一笑。

「我可不會奪取你的正當收入。」

他謹慎地看著我的臉，也笑了。他不確定該怎麼理解我的意思，態度一改。

「當然，老弟，務必考慮清楚。我不希望以任何方式影響你。如果你決定反對這計劃，我就此隻字不提。然而，你也知道這對我有多重要。這是我唯一的機會。我不喜歡求人。或許這樣要求太過分了。我只能說若你幫我這個忙，我會永懷感激。一旦有能力回報你……」

「夠了，亞瑟，別說了！再說我要哭了。」我笑著說：「好、好，庫諾那邊我會盡力。但老天爺，別抱太大希望。我不認為他會去。他八成已經有了別的計劃。」

在此共識下，這話題今晚就到此為止。

隔天，我從庫諾家的茶會返回時，亞瑟正焦慮不已地在自己的臥室等著我。他幾乎等不及把門關上就要聽我的消息。

「快點，威廉，拜託。壞消息也照說，我可以承受。他不去？是嗎？」

「會。」我說：「他會去。」

喜悅似乎讓亞瑟好一會兒說不出話，也動彈不得。接著又彷彿一股電流穿過四肢，他開始又蹦又跳。

「親愛的老弟！我要、真的要好好給你個擁抱！」而他真用手臂摟住我的頸項，還像個法國將軍般親吻我兩側臉頰。「詳細跟我說說。有碰上什麼困難嗎？他怎麼說？」

「哦，我還沒開口，他就自己做出類似的提議了。他想去黎森葛柏格山區，我便接著指出阿爾卑斯山的雪會好得多。」

「你真這麼說？厲害，威廉！太高明了……」

我在一張椅子坐下。亞瑟繞著我翩翩起舞，滿口稱讚，滿心歡喜。

「你確定他沒有起任何一絲疑心？」

「百分之百確定。」

「那你們何時啟程？」

「聖誕夜吧，我想。」

亞瑟關切地看著我。

「你的語氣聽起來不是很熱忱，老弟。我希望你也能好好享受。你該不會是身體不舒服吧？」

「一點也沒有，謝謝。」我站起身。「亞瑟，我要問你一件事。」

聽到我的話，他的眼皮不安地跳動著。

「哦——呃——沒問題。儘管問，老弟，儘管問。」

「我要你說實話。你跟瑪歌打算詐騙庫諾嗎？是還不是？」

「親愛的威廉——呃——真是的……我想你是以為……」

「直接回答我，拜託，亞瑟。我得知道，這很重要。現在我也牽涉其中了。究竟是還不是？」

「這個嘛，我得說……不是，當然不是。正如我已經跟你解釋過的，我……」

「你發誓？」

「哎呀，威廉，這裡又不是法院。別那樣看我，拜託。好好，如果這樣能讓你安心，我發誓。」

「謝謝，這樣就夠了。若有失禮之處那很抱歉。你也知道，我的原則是從不干涉你的事。不過，這次也是我的事了，你明白吧。」

亞瑟虛弱，甚至略帶顫抖地一笑。

「我很瞭解你的不安，老弟，那是理所當然。但這件事，我跟你保證，完全用不著擔心。我有充分的理由相信佩格尼茨將從這次交易中獲得極大的利益，只要他夠聰明地點頭。」

我直視亞瑟雙眼作為最後的考驗。但不行，這由來已久的方法起不了作用。那對眼睛在此並非靈魂之窗，僅僅是他臉上的一部分，那淡藍色的膠狀物也像是岩石裂隙間的貝肉，沒有什麼能引人注意之處，沒有火花，沒有精神上的微光。儘管努力，我的目光還是往其他更有趣的容貌部位游移：那柔軟肥大的鼻子、那手風琴般的下巴。嘗試了三、四次之後，我宣告放棄。完全無效。我別無選擇，只能相信亞瑟的說詞。

13

我跟庫諾的瑞士行就像權宜婚姻後的蜜月。我們相敬如賓，謹慎體貼，還有點害羞。庫諾是無微不至的典範。他親手把我的行李安置架上，在最後一刻衝下車幫我買雜誌，還以旁敲側擊的方式問出我比較喜歡睡上層臥鋪，並在我換便服時避至走道。當我厭倦了閱讀，他就在一旁，和善可親又見聞廣博，等著告訴我一座座山的名字。我們會起勁地聊上五分鐘，接著重新陷入突如其來、心不在焉的沉默。我們倆都有很多事要思考。我猜庫諾是在擔心德國政壇層出不窮的險惡陰謀，或已陷入他那七個男孩的島嶼幻想；我則利用閒暇從各層面檢視瑪歌這個謎題：他真的存在嗎？嗯，我頭上正擱著一個全新的豬皮旅行箱，裡面裝著前天才量身訂製完成的晚禮服。亞瑟相當氣派地揮霍著我們雇主的錢。「需要什麼不用客氣，老弟。你可不能顯得寒酸。況且，這麼難得的機會……」一陣猶豫後，我半信半疑地聽從建議，但還不至於照他主張的那般恣意妄為。亞瑟甚至打算依他自己所謂的「差旅支出」定義，逼我收下一對黃金袖扣、一支手錶、一支鋼筆。「不用客氣，威廉，公事公辦。你不像我那麼瞭解這些人。」說起瑪歌，他的語氣變得異常尖酸。「若是你請求他幫忙，他可會毫不猶豫榨乾你每一分錢。」

耶誕節次日，瑞士假期的頭一早，樓下積雪街道傳來尖細的雪橇鈴鐺聲，浴室裡也發出同樣怪異的金屬喀嚓聲，讓我從睡夢中醒了過來。透過半掩的門，我瞧見庫諾穿著運動短褲，正用擴胸器做著運動的身影。他竭盡了全力，脖頸上的青筋浮起，鼻孔也隨著每一次使勁而一開一闔。他顯然沒有意識到有人在旁觀。少了鏡片，他的雙眼出神地凝視著短淺的虛空，顯示他是在進行一項私密的宗教儀式。出聲跟他說話就像干擾他禱告一般不敬。我在床上翻過身繼續裝睡。過了一會兒，我聽見浴室門輕輕關上。

我們的房間在旅館二樓，能夠俯瞰村落房屋沿著冰凍的湖泊一路散布至閃閃發光的滑雪坡邊。坡道厚實平滑，輪廓有如一具覆蓋著毯子的龐大身軀，黑色蜘蛛線似的纜車穿越其上，直通雪橇滑道的起點。就一個進行跨國商業交易的地點而言，此處似乎有點不倫不類。但亞瑟說得沒錯，我對金融貿易一無所知。我慢慢地著裝，想著仍未露面的東道主。瑪歌已經抵達了嗎？經理跟我們說旅館客滿。昨晚在寬闊的餐廳時，據我目測，起碼已有好幾百人下榻入住。

庫諾與我共進早餐。他的穿著輕鬆卻一絲不苟，下身是灰色法蘭絨長褲，上身套了件夾克，並繫上一條牛津大學色系的絲質領巾。

「昨晚睡得好吧？」

「很好，謝謝。你呢？」

「我，不是很好。」他露出笑容，臉上一紅，略感困窘。「不過沒什麼關係。我夜裡有東西可讀，你瞧。」

他羞怯地將手上的書拿給我看。書名是《比利漂流記》。

「好看嗎？」我問。

「我發現有一章寫得很不錯……」

我還沒來得及聽那章的內容，一名侍者就推著小餐車送餐點來了。我們立即恢復原本不甚自然的蜜月態度。

「要來點奶油嗎？」

「一點就好，麻煩。」

「這樣可以嗎？」

「謝謝你，剛剛好。」

我們的聲音聽起來如此愚蠢，差點讓我放聲大笑出來。我們就像兩個無足輕重的角色，在戲的第一幕以對話開場，直到主角現身。

等我們用完早餐，巨大的白色坡道已群集了許多小小身影，有些像蜻蜓般飛快交錯掠過，有些則像受傷的螞蟻般踉蹌跌撞。湖上還有許許多多的溜冰者。一個用繩索圈起的場地中，有位身著黑色緊身衣，敏捷到近乎非人的生物，在專注的觀眾面前大秀身手。一些比較積極的旅客背起背包，戴上頭盔，穿上靴鞋，有如走出豪華營房的士兵，啟程前往山勢深處展開較長程、較危險的遊覽。而在這支龐大部隊的營房裡，傷兵隨處可見；他們拄著拐杖或是吊著手臂，步履蹣跚地做著痛苦的復健散步。

庫諾如往常一般慇勤，自認理當要教我滑雪。其實我寧可獨自一人胡混，想要禮貌地勸退他卻徒勞無功。他認為自己責無旁貸，沒什麼好說的。於是我們在初學者坡道度過了辛勞的兩小時：我跌跌撞撞、連滾帶滑，庫諾則在一旁諄諄提醒、又攙又扶。「不對，恕我直言，這樣還是不太對……你的姿勢太僵硬了，明白嗎？」他的耐心似乎永無止盡，而我只期盼能快點吃午餐。

早晨約莫過了一半，一名年輕人來到我們附近，熟練地在新手間打轉。他停下來看著我們；或許是我笨拙的動作讓他感到有趣。他就站在一旁，讓我有點不快，我並不想要觀眾。半是意外，半是刻意，我突然出其不意地轉向他，不偏不倚地撞得他四腳朝天。我們倆都頻頻向對方道歉。他協助我站起身，甚至用手替我拂去身上的雪。

「不好意思……我叫范霍恩。」

他一身雪板等裝備，欠身的動作極不自然，乍看還以為是要找我決鬥。

「布萊德蕭……幸會。」

我想諧仿他的動作，結果馬上一臉栽倒在地；這次是庫諾親自扶我起來。就在如此稍嫌非正式的場合下，我介紹他們互相認識。

此後，庫諾指導我的興致大大降低，讓我如釋重負。范霍恩是名高大、白皙的男孩，有副北歐人的嚴肅面孔，頗為英俊，雖然剃去大部分的頭髮有點破壞了他的外貌。那片光禿禿的後腦勺曬得火紅。他告訴我們曾在漢堡大學讀了三個學期。每當庫諾掛起那謹慎討喜的微笑對著他說話，他就滿臉緋紅，羞怯不已。

范霍恩可以做出某種轉身動作，而庫諾對此大感興趣。他們到有點距離的地方去做示範跟練習。過沒多久，午餐時間到了。回旅館的路上，年輕人跟我們介紹他的叔父，一位精力充沛、胖嘟嘟的小荷蘭人，正在冰上做花式滑冰。老范霍恩先生跟他嚴肅的姪子正好成對比。他的眼睛愉快地閃爍，似乎很高興結識我們。他的臉跟陳年靴鞋一樣呈現深褐色，頭上相當禿，臉上則留著側鬍和尖鬚。

「你已經交到朋友啦？」他用德語對姪子說。「沒錯。」他閃爍的眼睛打量著庫諾和我。「我跟皮特說，他應該去認識個好女孩，但他不肯；他太害羞了。說真的，我在他這年紀可不是這樣。」

皮特．范霍恩臉一紅，皺起眉頭，撇開眼睛，拒絕回應庫諾私下投來的同情目光。老范霍恩邊脫冰鞋，邊對著我喋喋不休。

「所以你喜歡這裡？老天，我也好喜歡！我好多年沒這麼享受了。我敢打賭自己已經減了一兩磅。哎，這個早上，我覺得自己根本還不到二十一歲。」

走進餐廳時，庫諾提議范霍恩叔姪與我們同坐一桌，說話的時候，還朝皮特意味深長地瞥了一眼。我覺得有點尷尬；庫諾的手法未免粗糙了點。但范霍恩先生立即答應了，而且由衷樂意。他似乎不覺得這提議有何奇怪之處，或許只要多幾個人可以講話聊天，就夠他開心了。

午餐席間，庫諾幾乎把全副心神都放在皮特身上。他似乎成功融化了一些冰霜，讓那男孩好幾次笑了出來。在此同時，老范霍恩朝著我耳朵傾瀉著一連串最陳腐幼稚的低級故事，而且說得津津有味。我幾乎沒在聽。經歷戶外凜冽的空氣後，餐廳的溫暖讓我昏昏欲睡；樂隊還在棕櫚樹後演奏著輕柔的音樂。食物美味，我很少吃到這麼棒的午餐，加上我一直隱隱揣測瑪歌正在何方，又會何時以何種方式現身。

幾句法語不時侵擾我模糊的意識，而且越來越頻繁。我只能偶爾理解幾個單詞：有趣、暗示性、極其典型。是說話者的聲音引起我的注意。那聲音就由隔壁桌傳來。我懶洋洋地轉過頭。

一名高大的中年男子與一名充滿異國情調的金髮美女相對而坐。女子是那種唯有巴黎才能產出的類型。他倆都朝著我們的方向看，並以謹慎克制的語氣交談著，顯然是針對我們。男子似乎尤其感興趣。他的頭呈蛋形，頂上無毛；一雙眼睛放肆、暴凸、渾圓、嚴肅。淺黃到趨近於白的頭髮環繞腦袋底部梳整，就像一對攏起的翅膀。他的聲音響亮而刺耳，整個外貌有種難以言喻的討厭與邪氣。我感覺一股奇異的震顫穿過神經系統，其中夾雜了敵意、憂懼與期盼。我快速掃視其他人。沒反應。他們似乎完全沒察覺這陌生人帶著譏誚且毫不遮掩的目光。庫諾正傾身跟皮特說話，面無表情、輕柔撫愛、溫文爾雅。老范霍恩終於住口，趕進度似地猛啃烤牛排。他把餐巾一端塞進衣領，然後盡情大嚼特嚼，完全不用擔心肉汁會濺上背心。我彷彿聽見鄰桌的法國人說出這個詞：**噁心**。

我常在心中描繪著瑪歌的樣貌，曾想像他更胖、更老、更平凡。我的想像全都太過保守，沒想到他會這麼真實、這麼絕對、這麼無庸置疑。這種時刻，絕對沒有人的直覺會出錯。我百分之百確定他的身分，好像已認識他多年似的。

真是令人興奮的時刻。我唯一的遺憾就是無人可分享這種興奮。亞瑟會多麼樂在其中呀！可以想見，他將難掩滿腔的歡喜，甚至整個人開始坐立不安。他那些每個人都會察覺的暗號，為了掩飾祕密而故作談笑風生的滑稽企圖！一想到這些，我就想縱聲大笑。我不敢再冒險瞥向鄰座，以免他們從我臉上看出端倪。我早先就下定決心，不管事情進展到什麼階段，我絕不會洩漏自己的共謀關係，連眼皮也不會眨一下。瑪歌信守他的承諾，我也會表現出同樣謹慎且值得信賴的行事風範。

他會怎麼展開攻勢呢？這真是一個引人入勝的問題。我試著設身處地，開始想像最誇張的詭計。或許他，或那個女孩，會扒走庫諾的皮夾，然後假裝在地上發現，再順便自我介紹。或許當天晚上就會來場虛晃一招的火警。瑪歌會在庫諾房中暗置煙霧彈，然後衝進去將他從濃煙中救出來。在我看來，他們顯然會採取一些激烈的手段。瑪歌不像是會滿足於半調子行動的男人。他們現在在做什麼？我聽不見他們的聲音了。我使出有點笨拙的技倆，讓餐巾落到地上，彎身去撿並趁機偷看一眼，卻失望地發現那兩人已經離開了餐廳。我感到悵然若失，但再仔細想過後，也不會特別驚訝。這僅僅是事前偵察。入夜前，瑪歌大概會按兵不動。

午餐後，庫諾誠心建議我去休息。依他解釋，初學者頭一天還是別太勉強自己比較好。我欣然同意，內心竊笑。沒過一會兒，我便聽見他跟皮特・范霍恩相約去滑雪橇。老范霍恩已經告退回房去了。

午茶時間，交誼廳有舞會。皮特和庫諾沒現身，老范霍恩也沒有；我鬆了口氣。我一個人看著賓客起舞，自得其樂。不久，瑪歌單獨走了進來。他隔著陽台大片玻璃帷幕而坐，離我的桌子不到兩碼。我偷偷朝他的方向一瞥，正好和他四目相接。那對眼睛跟先前一樣冰冷、圓凸、充滿放肆的好奇。我的心不安地砰砰跳。情況變得相當微妙。假設我現在走過去同他攀談呢？畢竟，我這個做法可以替他省下一大堆麻煩。只要介紹他是我的一位舊識，偶然在此巧遇即可。庫諾根本沒理由懷疑我們事先做了任何安排。我們為何還要繼續這有點陰險的猜謎遊戲呢？我躊躇著，半站起身，又再坐下。我第二次對上他的眼睛。而這次，我似乎完全明白他的意思了。「別幹傻事。」那眼神說：「交給我。不懂的事別胡亂插手。」

「好吧。」我在心裡跟他說，並微微聳肩。「隨你便，反正不干我的事。」

在些許忿忿不平的情緒下，我起身走出交誼廳。我再也受不了這種無言的**面面相覷**了。

當天晚餐時，庫諾和老范霍恩雖表現方式不同，但都同樣興高采烈。皮特則一臉無聊。或許他發現自己的晚禮服跟我的一樣僵硬。若真是如此，我由衷同情。他的叔叔三不五時就嘲弄他的沉默，而我則思考著自己會有多厭惡跟老范霍恩一同旅行。

一直到我們快要用完餐，瑪歌和他的同伴才進入餐廳。我一眼就瞧見他們，因為自就座開始，我就下意識地注意著門口。瑪歌身穿燕尾服，扣眼上別了朵花。女孩一身華貴，衣飾閃閃發亮有如銀色的盔甲。他們穿行過桌間長長的通道，吸引了不少目光。

「瞧，皮特。」老范霍恩高聲說：「那邊有個美女很適合你。今晚跟她邀支舞吧，她的父親不會咬你的。」

要走到座位，瑪歌得就近通過我們的椅邊。經過的片刻，他點了點頭。向來親切有禮的庫諾也點頭致意。那一瞬間，我以為瑪歌會把握這次機會開場攀談，即使只是老套地評論天氣也好。他沒有。那兩人直接就座。緊接著，我們便起身移至吸菸室喝咖啡。

此時，老范霍恩的話題出乎意料地轉了個彎。他彷彿意識到交心之言與可疑的故事已經說得過多，於是冷不防談起了藝術。他跟我們說他在巴黎有間屋子，裡面滿是老家具及蝕刻版畫。儘管言詞謙虛，但他很快就顯露出自己是這方面的專家。庫諾非常感興趣。皮特依舊無動於衷。我不只一次見到他偷瞄手錶，想必在看上床時間到了沒。

「恕我冒昧，各位先生。」

刺耳的聲音讓我們所有人都嚇了一跳；沒人發現瑪歌接近。他優雅又傲視一切的身形聳立在我們面前，斑駁色黃的指間夾著一根雪茄。

「我必須問這位年輕人一個問題。」

他凸起的雙眼定在皮特身上，那份專注會讓人誤以為他正觀察某種得借助放大鏡才能看見的微小昆蟲。那可憐的孩子困窘得直冒汗。至於我呢？我對瑪歌策略上的急轉直進太過詫異，只能目瞪口呆地望著他。瑪歌本人顯然很享受這戲劇性登場所造成的效果，唇上彎出一道邪惡的微笑。

「你是純正的亞利安血統嗎？」

不等受驚的皮特回答，他又補充：

「我是馬塞．亞寧。」

我不知道其他人是否真聽說過他，或只是假作客套關心。我倒恰巧相當熟知這個名字。亞寧是弗里茨．溫德熱愛的作家之一。弗里茨曾借我一本他的著作《午夜陽光下的吻》，書是以時髦的法國筆法寫就，揉雜了羅曼史和報導體，描述發生於挪威亨默菲斯特俗麗且明顯虛構的情色生活。他還有六本其他類似的創作，同樣豔情，故事背景從聖地牙哥到上海都有。從亞寧的衣著判斷，他獨樹一幟的情色描寫應該十分投合大眾的口味。他跟我們說自己剛寫完第八本，內容是在某座冬季運動酒店中發生的特殊情緣。也因此，他才會出現在這裡。唐突的自我介紹之後，他開始向我們展現最平易近人的一面，沒有再多問什麼，只跟我們滔滔不絕地暢談自己的職業、目標和寫作方法。

「我寫得很快。」他告訴我們。「對我來說，看一眼就足夠了。我不相信第二印象。」

從遊艇上岸幾天後，亞寧已收集到寫作所需的大部分材料。現在瑞士也已被棄置一旁了。他正尋找可征服的處女地，目前鎖定納粹運動。他和他的祕書隔天就要啟程前往慕尼黑。「一週內──」他胸有成竹地斷定：「我就可以弄個一清二楚。」

我納悶亞寧的祕書（他好幾次強調這稱謂）在他閃電般的研究中扮演何種角色。她或許類似一種簡便的化學試劑，碰到某些化合物就會產生某些已知的結果。看來是她發覺了皮特。亞寧興奮得有如踏上陌生領地的獵人，過分急躁，一味向前採取攻勢。不過當他發現這並非自己所需的獵物，似乎也沒有很失望。他為了省時而早成公式的歸納法不會輕易受到動搖。對方是荷蘭人還是德國人，對他來說都一樣可資利用。我猜想，皮特仍然會穿著一身借來的納粹服裝在新書中露面。像亞寧這樣有技巧的作家，可不會浪費任何一點素材。

一個謎底揭曉，卻生出另一個重重的謎團。整個晚上，我百思不得其解。如果瑪歌不是亞寧，那是誰？又在哪裡？在如此焦急地把庫諾弄來之後，又這樣平白浪費二十四小時似乎說不過去。我想，他明天肯定會現身。我的沉思被庫諾打斷；他敲門問我睡了沒有。他想聊聊皮特．范霍恩。我雖然感到睏，卻不忍拒絕。

「說起來……你不覺得他有點像東尼嗎？」

「東尼？」我今晚很蠢。「誰是東尼？」

庫諾略帶責備地看著我。

「喔，抱歉……我是指書中那個東尼，你知道吧？」

我笑了。

「你覺得皮特比漢茲更像東尼？」

「正是。」庫諾對此非常肯定。「像多了。」

於是可憐的漢茲被逐出了小島。勉強同意之後，我們互道晚安。

隔天早上，我決定自行做些調查。當庫諾在交誼廳和范霍恩叔姪聊天，我正與大廳服務員攀談了起來。沒錯，他跟我保證，有許多從巴黎來的商人正下榻此處，其中有些是非常重要的人物。

「比如說，伯恩斯坦，那個工廠老闆，有數百萬身價……瞧，先生，他就在那兒，桌子旁邊。」

我只來得及瞥見一個黝黑的肥胖男子。他的表情就像個含怒的嬰孩，是我在附近從沒注意過的陌生臉龐。他穿過門進入吸菸室，手上握著一捆信件。

「他是不是有一間玻璃工廠？」我問。

「這我就不清楚了，先生。有也不意外，人們說他幾乎每件事都有份。」

這天過去，還是沒有進一步的發展。下午老范霍恩終於成功逼他羞怯的姪子去跟一些活潑的波蘭女孩為伍。他們結伴一同出去滑雪。庫諾不怎麼高興，但仍如平時風度翩翩地接受了。他似乎漸漸喜歡與老范霍恩交際往來。他們兩人在室內共度一整個下午。

午茶過後，我們正要離開交誼廳時，跟伯恩斯坦撞個正著。但他一絲興趣也沒有地經過我們身旁。

當晚躺在床上，我幾乎要斷定瑪歌是亞瑟憑空想像的人物。至於他為了什麼目的而捏造此人，我就想不通了。我也不怎麼在乎。這地方很不錯。我過得很愉快，再過一兩天就能學會滑雪。我決定善加利用假期，並聽從亞瑟的建議，忘掉來此的原因。至於庫諾，我的恐懼並不成立，他什麼也沒被騙走。所以，還有什麼好擔心的呢？

我們入住的第三天下午，皮特主動邀我和他到湖上溜冰。我在午餐時就注意到，這可憐的孩子已瀕臨爆發。他受夠了他的叔叔，受夠了庫諾，受夠了那些波蘭女孩。他非得找個人宣洩情緒不可，而在一群渾球中，我看起來好像有點同情心。我們踏上冰沒多久，他就開始說。我驚愕地發現他言語中帶著何等的怒火。

我覺得這地方怎麼樣?他問。這些奢華不是很讓人作嘔嗎?還有那些人?是不是難以形容的白癡跟噁心?歐洲當前這種情勢，他們怎麼還能如此?難道一點羞恥心也沒有嗎?他們沒有民族的自尊嗎，竟跟正摧毀他們國家的猶太人混在一起?我對此有什麼感覺?

「你的叔叔怎麼說?」為避免回答，我反問。

他氣憤地聳聳肩。

「唉，我叔叔……他對政治一點興趣也沒有，只在乎他那些老畫。我爸說，與其說他是荷蘭人，他還比較像個法國人。」

德國的教育將皮特培養成忠實的法西斯主義者。亞寧的直覺終究不算離譜。這位年輕人比穿著衝鋒隊服的人還衝。

「我的國家就需要像希特勒這樣的人。真正的領袖。一個沒有企圖心的人毫無存在價值。」他那張俊俏、缺乏幽默感的臉轉了過來，嚴厲地注視著我。「你，跟你的帝國，肯定很清楚這點。」

但是我拒絕被牽著鼻子走。

「你經常跟叔叔一起旅行嗎？」我問。

「沒有。事實上，他開口邀我同行時，我很驚訝。何況還這麼臨時。他一週前才說的。但我熱愛滑雪，而且本以為一切會相當簡樸，就像我去年聖誕跟幾個同學的旅行。我們跑去黎森葛柏格山區，每天早上用一個桶子裡的雪清洗身體。人一定要學會強化身軀。這年代最重要的是懂得自我鍛鍊……」

「你們是哪天抵達這裡的？」我插嘴。

「我想想，應該是你們來的前一天。」一個念頭突然閃過皮特腦海。他變得更有人性，甚至還笑了。「對了，有件事很有趣，我差點忘了……我叔叔非常急著想認識你。」

「認識我？」

「對……」皮特紅著臉，笑著說：「事實上，他要我試著去弄清楚你是誰。」

「真的嗎？」

「是這樣的，他認為你是他一個朋友的兒子，一個英國朋友。但他只見過那兒子一次，而且事隔久遠，所以不太確定。他擔心如果你見到他，而他沒認出你，你會不高興。」

「嗯，那我的確幫了你一把，不撞不相識，對吧？」我們倆都笑了。

「沒錯，的確是。」

「哈哈！真有趣！」

「可不是嗎？確實非常有趣。」

回到旅館喝午茶時，我們費了番工夫才找到庫諾和老范霍恩。他們同坐在吸菸室一個小角落，跟其他賓客拉開了段距離。老范霍恩不再掛著笑容，輕聲正經地說著話，眼睛直盯著庫諾的臉；庫諾則如判官般肅穆。我隱約覺得他對談話的主題深感不安與茫然。但這只是個模糊的印象，一閃即逝。老范霍恩一察覺我接近，便放聲大笑，輕輕推了一下庫諾的手肘，好似正講到一個有趣故事的高潮之處。庫諾也笑了，只是少了點熱忱。

「哎呀呀！」老范霍恩高聲說：「男孩們回來了！我敢說你們肯定餓得跟鬼一樣！而我們兩個老頑固浪費了整個下午在屋內瞎扯。老天爺，已經這麼晚了嗎？喂，我要喝茶！」

「有您的電報，先生。」一名聽差的聲音傳來，就在我身後。我以為他是對著別人發話，便讓到一旁。他將銀色托盤舉向我。沒有錯，我在信封上見到自己的名字。

「啊哈！」老范霍恩嚷道：「你的心肝寶貝等得不耐煩了，要你回到她身邊。」

我撕開信封，攤開信紙。信息只有五個字：

請即刻返回。

我反覆讀了幾次，微笑道：

「事實上——」我跟老范霍恩說：「你說得一點也沒錯。她是不耐煩了。」

電報的署名是「路德維希」。

14

很明顯，亞瑟出事了。否則，如果他要見我，會親自發電報來。而他惹上的麻煩，不管是什麼，肯定都跟共產黨有關，畢竟電報是由拜爾簽發的。我的推論到此為止，再下去都是臆測和可能，其朦朧和無盡一如包覆著列車的黑暗。我躺在鋪位上，想睡卻睡不著。車廂的搖擺、車輪的匡啷聲和我興奮、焦慮的心跳共振著。亞瑟、拜爾、瑪歌、施密特。我將這個謎翻來轉去，前思後想，仍舊不得其解，於是徹夜未眠。

彷彿歷經數年，但其實只是隔天下午，我轉動鑰匙進入了公寓。接著，我迅速地一把推開我房間的門。房內正中，施洛德女士正在一張頂好的扶手椅上打瞌睡。她除下了拖鞋，穿著襪子的腳擱在腳凳上。每當有房客出遠門，她就經常這麼做。她沉迷於多數女房東共有的夢：這整個地方皆屬於她。

她醒來看到我的身影在門邊，隨即發出刺耳的尖叫，聲音恐怕比見到我死而復生還淒厲。

「布萊德蕭先生！你嚇死我了！」

「真抱歉，施洛德女士。不，請別起來。諾里斯先生在哪裡？」

「諾里斯先生？」她還有點恍惚。「這我就不知道了。他說七點左右會回來。」

「那他還住在這裡囉？」

「咦，當然呀，布萊德蕭先生，怎麼會這麼問呢！」施洛德女士帶著詫異和不安望著我。「出了什麼事嗎？怎麼沒告訴我要提早回來？我還打算明天要將你的房間徹底清理一番的。」

「沒關係的，我相信沒這個必要。諾里斯先生沒生病吧？」

「什麼？沒有呀。」施洛德女士越發感到困惑。「就算有，他也沒跟我透露，而且他從早到晚都跑來跑去的。他寫信跟你說的嗎？」

「喔，不，他沒有……只是……我走的時候覺得他看上去有點蒼白。有人打電話或留訊息給我嗎？」

「都沒有，布萊德蕭先生。記得嗎？你跟所有的學生說要出遠門，到新年才回來。」

「對，當然記得。」

我走到窗邊，俯瞰潮濕空蕩的街道。不，並非完全空無一人。下方轉角處站了一名小個子的男人，身著密不透風的大衣，頭戴毛氈帽。他安靜地來回踱步，雙手交疊在背後，彷彿在等女友。

「要替你倒杯熱水嗎？」施洛德女士婉轉地問。我瞥見鏡中疲憊、骯髒、滿臉鬍渣的自己。

「不用了，謝謝。」我微笑著說：「有件事我得先處理，大概一個小時左右就回來。或許可以麻煩你先幫我燒洗澡水？」

「路德維希在。」威廉大街辦公室外間的女孩跟我說。「直接進去就行。」

拜爾似乎一點也不驚訝見到我。他帶著笑，從報上抬起頭。

「你來了，布萊德蕭先生！請坐。假期還愉快吧？」

我面露微笑。

「這個嘛，我才正要開始……」

「就收到我的電報？真抱歉，但這是必要的，請見諒。」

拜爾停了一下，若有所思地凝視著我，然後繼續說：

「我接下來要說的話恐怕不太中聽，布萊德蕭先生，但實在不該繼續把你蒙在鼓裡。」

鐘上指針滴答作響的聲音清晰可聞——就在房中某處。忽然之間，整個空間似乎萬籟俱寂。我的心臟難受地敲擊著肋骨。我大概猜得到接下來的發展了。

「你去了瑞士。」拜爾接著說：「身旁還跟著一位佩格尼茨男爵，對吧？」

「對，沒錯。」我舔了舔嘴唇。

「我現在要問你一個問題，但這問題或許太過涉及你個人隱私。請別覺得冒犯。如果不想，就不用回答，明白嗎？」

我的喉嚨乾涸，想清一清，卻發出響得離譜的咕嚕聲。

「你問什麼我答什麼。」我有點嘶啞地說。

拜爾的雙眼讚許地一亮，越過書桌朝我傾身。

「我很高興你採取這種態度，布萊德蕭先生……你有意協助我們。這很好……現在，能否請你告訴我，諾里斯是基於什麼理由，要你和這位佩格尼茨男爵一同前往瑞士？」

我再度聽見鐘的聲音。拜爾將手肘擱在桌上，仁慈地注視著我，眼神專注而帶著鼓勵。我第二次清了清喉嚨。

「嗯……」我開口：「首先，是這樣……」

這是個冗長且愚蠢的故事，似乎花了我好幾個小時才講完。我從沒意識過其中有些部分聽起來會如此可笑、可鄙。我感到無地自容、滿臉通紅，打算故作詼諧卻有氣無力，先是辯護又譴責自己的動機。我刻意略去某些細節，一會兒後卻在他親切眼神的循循善誘下衝口說出。當著這位沉默傾聽的男人，我似乎在故事中供認了自己所有的弱點。我這輩子從來沒感到這麼羞恥過。

當我終於說完，拜爾略微動了動。

「謝謝你，布萊德蕭先生。這一切，跟我們猜測的非常接近……我們在巴黎的人對這位范霍恩先生非常瞭解。他是個聰明人，為我們添了不少麻煩。」

「你的意思是……他是警方的密探？」

「沒錯，非官方的。他收集各種情報，再賣給願意出錢的人。幹這種事的人很多，但大部分都相當愚蠢，也完全不具危險性。」

「我懂了……而范霍恩一直利用諾里斯收集情報？」

「正是如此。」

「但他究竟是怎麼讓諾里斯願意幫忙的？他編了什麼說詞？我很驚訝諾里斯竟然沒起疑心。」

儘管一臉嚴肅，拜爾的眼中還是閃過一絲樂趣的火光。

「諾里斯可能確實充滿疑心。但你誤會我的意思了，布萊德蕭先生。我沒說范霍恩欺騙了他。沒這個必要。」

「沒必要？」我愚蠢地重複。

「沒必要。對……諾里斯相當清楚范霍恩要什麼。他們彼此都心知肚明。自諾里斯回到德國後，就一直定期透過范霍恩收到法國情報局的錢。」

「我不相信！」

「無論如何，這千真萬確。我可以證明給你看。諾里斯收錢監視我們，搜集我們計劃和行動的資訊。」拜爾微笑並舉起一隻手，好似預期會有異議。「喔，這沒有聽起來那麼糟糕。我們洩漏的情報都無關緊要。我們的運動並不需要什麼了不得的陰謀策劃，一點也不像資本主義媒體或浪漫犯罪小說描述的那樣。我們的行動完全公開。任何人都可以輕易地知道我們在做什麼。我們有些頻繁來往於柏林跟巴黎兩地的信差，諾里斯有可能把其中某些人的名字給了他朋友。或許還包括了某幾個地址。但這也只有在一開始。」

「那麼，你很早之前就知道他的身分了？」我幾乎認不得自己的聲音。

拜爾燦爛地一笑。

「沒錯，很早之前就知道了。」他的語氣令人鎮靜。「諾里斯對我們來說很有助益，雖然他自己並沒有意識到這點。我們偶爾可以透過這個管道，向敵手傳達錯誤的印象。」

一片片拼圖在我腦中以眩惑的速度自動排列組合。瞬間又加進了另一片。我想起選舉過後的那天早上，拜爾就在這個房間，從書桌抽屜中拿出一個密封的包裹交給亞瑟。

「是的……我現在懂了……」

「親愛的布萊德蕭先生——」拜爾的口吻和藹，幾乎有如父親。「請別太過憂慮。諾里斯是你的朋友，我知道。請注意，我說這些不是要否定他的為人；他的私生活跟我們無關。我們都確信你對此一無所知。你從頭到尾都對我們真誠以待。我真希望此事能一直瞞著你。」

「我還不明白的是，佩格尼茨怎麼會……」

「啊，我正要說到這個……諾里斯呢，他發現這些情報再也無法滿足巴黎的朋友了。這些情報太常出現缺漏或錯誤，於是他提議范霍恩親自與佩格尼茨會面。」

「那玻璃工廠？」

「那只存在於諾里斯的想像。這一點，他利用了你的不諳世故。范霍恩支付你到瑞士的開銷可不是為了生意。佩格尼茨男爵是政治人物，不是生意人。」

「你的意思該不會是……？」

「沒錯，我要跟你說的就是這個。佩格尼茨可以接觸到許多德國政府的機密。他可能取得地圖、平面圖和機密文件的複本，而范霍恩的雇主會樂意花大錢看上一眼。或許佩格尼茨會禁不起誘惑。這不關我們的事。我們只是想當面警告你，你有可能因叛國罪被關入大牢，而且發現並非全然冤枉。」

「我的老天……你究竟怎麼會知道這些？」

拜爾微笑。

「你以為我們也有自己的間諜？不，沒那個必要。這類資訊全都可以很輕易地從警方那邊取得。」

「那警察知道了？」

「我不認為他們已經摸得一清二楚了，但應是滿腹狐疑。有兩個人來這裡詢問諾里斯、佩格尼茨，還有你的事。從那些問題中就可以猜出許多。我想我們應該說服了他們，你不是一個危險的叛亂分子。」拜爾笑著說：「儘管如此，似乎最好還是立即打個電報給你，別讓你進一步牽扯其中。」

「勞你費心，竟這麼為我著想。」

「我們一向人助我，我助人，雖然有時候還是很不幸地難以幫上忙。你還沒見到諾里斯？」

「還沒，我到家時他不在。」

「哦？那太好了。這些事你最好親自跟他說。他有一個禮拜沒來了。請告訴他，我們並不想傷害他，但為了自身安全，他最好立刻離開德國。也請警告他，警方已經在密切監視他了。他們會拆閱他收到或寄出的每封信，這點我很肯定。」

「好的。」我回答：「我會跟他說。」

「真的？那好。」拜爾站起身。「最後，布萊德蕭先生，請別自責。你或許做了點傻事。別放在心上，我們三不五時都會做些傻事。沒什麼好可恥的。我想現在，你在交友這方面會更加謹慎，對吧？」

「對，我會的。」

拜爾面露微笑，勉勵地拍了拍我的肩膀。

「那接下來，我們就忘了這不愉快的事吧。你最近還想幫我們翻點東西嗎？太好了……把我的話轉達給諾里斯，好嗎？再會。」

「再會。」

我依稀是跟他握了手，態度自然地離開了那棟樓。我的舉止一定相當正常，因為外間辦公室的人沒有一個盯著我瞧。只有當踏上大街時，我才開始狂奔。我突然變得急不可待，想要把這事做個了結，越快越好。

一輛計程車經過，司機還沒來得及減速我就已經跳上車。我跟他說：「能開多快就開多快。」我們在車陣間穿梭竄行；外頭下著雨，路面泥濘濕滑。天色漸暗，路燈已經點亮。我點起一根菸，抽兩口就扔了。我的手在打顫，不過除此之外我極其鎮靜，沒有憤怒，甚至連反感也沒有；一片空無。拼圖完美地結合在一塊兒了。只要我願意看，一眼就能飽覽一片完整鮮明的全景。我只想做個了結。馬上。

亞瑟已經回來了。我開啟前門時，他從臥室探出頭。

「請進，老弟！快請進！這真是美妙的驚喜啊！當施洛德女士跟我說你已經回來了，我還難以置信。什麼風把你這麼早就吹回來？你想念柏林的家了嗎？還是你懷念我的陪伴？請別否認！我們在這裡全都非常想念你。聖誕大餐少了你真是食之無味。不過……我得說你的氣色沒有預期的好。或許長途旅行讓你感到疲憊了？過來坐。喝茶了嗎？喝杯什麼來提振一下精神吧？」

「亞瑟，不用了，謝謝。」

「不用？好吧，好吧……也許等一下你會改變心意。我們的朋友佩格尼茨怎麼樣？生龍活虎？」

「是的，他很好。」

「很高興聽到你這麼說。非常高興。現在，威廉，我真要恭喜你，用令人欽佩的機智和手腕完成了這次的小任務。瑪歌滿意得沒話說。而他這人是非常挑剔，非常難取悅的……」

「這麼說，你跟他聯絡過了？」

「噢，是的。我今早收到一封長電報。錢明天就會入帳。這我得稱讚瑪歌，他在這些事上真的是極其精準確實，向來可以讓人放一百二十個心。」

「你的意思是，庫諾同意了？」

「不，不是啦！還沒有。這種事不是一兩天就能決定的。但瑪歌無疑抱有很大的希望。一開始佩格尼茨似乎有點難以打動。他看不太出來這交易對他公司的益處。但他現在明顯變得極感興趣。當然，他需要時間考慮。在此同時，我可以照約定先拿一半。令人欣慰的是，這筆款項已經超出我旅行所需了。如此一來，我心中就少了一塊大石頭。至於剩下的部分，我個人確信，佩格尼茨最終會答應的。」

「是啊……我猜他們多半都會。」

「幾乎都會，沒錯……」亞瑟心不在焉地應和，並隨即意識到我的語氣有些不尋常。

「威廉，我不太明白你的意思。」

「是嗎？那我說得更清楚點：我猜范霍恩不管想買什麼，通常都能成功讓人賣給他吧？」

「嗯——我不確定這一次能不能用買賣來形容。我應該跟你說過……」

「亞瑟——」我不耐地插話。「你不用再撒謊。我全都知道了。」

「哦。」他開口，卻是沉默。驚愕讓他喘不過氣。他重重跌坐在一張椅子上，凝視著指甲，慌張的神色表露無遺。

「說真的，這大概全是我自己的錯。真傻啊我，竟然會相信你。說句公道的話，你多少警告過我了，而且不只一次。」

亞瑟迅速抬頭望著我，像隻將被鞭懲的小獵犬。他的嘴唇動了動，但沒說話。深陷的酒窩有那麼片刻浮現在他垮落的下頦。他偷偷搔了下臉頰，又立即縮手，彷彿害怕這動作會惹惱我。

「我早該料到你會找機會利用我。這是遲早的事，就算只是把我拿來作個誘餌。你總是可以找出每個人的利用價值，對吧？如果我鋃鐺入獄，也是我活該倒楣。」

「威廉，我以名譽向你保證，從來沒有……」

我繼續說：「我不會假裝自己在乎庫諾的死活。如果他傻得一腳踩進去，那也是自找的……但我要說的是，亞瑟，如果是拜爾以外的人跟我說你會出賣黨，我肯定罵他是個該死的騙子。你大概會覺得我太感情用事了吧？」

聽到拜爾的大名，亞瑟明顯吃了一驚。

「所以拜爾知道了，是吧？」

「當然。」

「老天，老天啊……」

他似乎萬念俱灰，一如雨中的稻草人。鬆弛、鬍渣滿布的臉頰暗沉浮現，血色全失。他的雙唇微張，發出悲痛的虛啞哀叫。

「我從沒真的告訴范霍恩什麼重要的事，威廉。我跟你發誓沒有。」

「我知道。你從沒機會這麼做。就我看來，就算當個騙子，你當得也不怎麼樣。」

「別生我的氣，老弟。我承受不了。」

「我沒生你的氣。我是氣自己竟然這麼蠢。我還以為你是我的朋友。」

「我不求你原諒。」亞瑟低聲下氣地說：「你肯定永遠不會原諒我。但請別太嚴厲地批判我。

你還年輕，標準還很苛刻。等你到了我這年紀，或許，看事情的眼光就會不同了。沒有面對誘惑的人，總能輕而易舉地發出譴責。請記住這點。」

「我沒譴責你。至於我的標準，要真有的話，也被你徹底攪翻了。我想你說得沒錯。換作是我，大概也會做同樣的事。」

「看吧？」亞瑟急切地順水推舟。「我就知道你會這麼想。」

「我什麼都不想去想。我實在對這整件齷齪事厭煩到……老天爺，我希望你滾得遠遠的，讓我再也別見到你！」

亞瑟嘆氣。

「你好狠心，威廉。我真想不到。在我眼中你向來是如此富有同情心的。」

「我猜你本來就指望這個吧?好，那你應該會發現這些溫柔的人遭受欺騙後，反彈會比其他人更強烈。他們更無法釋懷，因為覺得要怪也只能怪自己。」

「你完全有道理，毫無疑問，所有指責都是我應得的。別饒過我。但我要極其嚴肅地向你保證，我一刻也沒想過要連累你，害你背負任何罪名。你看，一切都照著我們的計劃進行。這之中哪有什麼風險？」

「風險比你想得更大。我們的小冒險還沒啟程，警察就已經全都知道了。」

「警察？威廉，你不是說真的吧！」

「難道你以為我是在開玩笑嗎？拜爾要我警告你。他們已經去找他查問過了。」

「我的老天……」亞瑟身上最後一絲強硬終於消失殆盡。他像個皺巴巴的紙袋癱坐在那兒，藍色雙眸閃著恐懼。

「但他們不可能……」

我走到窗邊。

「如果你不相信，就過來看。他還在那邊。」

「誰還在那邊？」

「監視這屋子的警探。」

亞瑟一言未發，趕忙來到窗前，站在我身旁窺看了一眼穿著密實大衣的男子。

接著他緩緩走回椅子，似乎突然間冷靜了下來。

「我該怎麼辦？」他顯然在自言自語，而不是對我說話。

「你必須離開，毫無疑問。一拿到錢就走。」

「他們會逮捕我，威廉。」

「喔不，不會的。如果要逮捕，他們早就動手了。拜爾說他們一直有在檢閱你的信……而且，他們還沒有弄清楚每件事。他是這麼認為。」

亞瑟靜靜沉思了幾分鐘。然後面露懇求的緊張神色，抬頭望著我。

「那你不會……」他住口。

「不會怎樣？」

「去告訴他們——呃——所有事吧？」

「天啊，亞瑟！」我真的倒抽一口氣。「你到底把我當什麼人了？」

「不是的，不是這樣，老弟……原諒我。我早該知道……」亞瑟歉疚地咳了一聲。「我只是一時間感到害怕。或許有相當大筆的賞金在等著，你也知道……」

有好幾秒鐘我完全啞口無言。

我很少如此震驚。我目瞪口呆地望著他，眼神中混含著憤慨與興味、好奇與厭惡。他的目光怯生生地跟我對上。無庸置疑，他是真的沒意識到自己說出了什麼驚人或失禮的話。我終於找回自己的聲音。

「好吧，再怎樣……」

但我脫口的話語被一連串猛烈的敲門聲打斷。

「布萊德蕭先生！布萊德蕭先生！」施洛德女士語氣十萬火急。「水滾了但我打不開水龍頭呀！快點來，不然我們全都要被炸成碎片了。」

「我們晚點再談。」我對亞瑟說完，便匆匆離開房間。

15

過了三刻鐘，我在沐浴刮鬍之後回到亞瑟房間。發現他正躲在蕾絲窗簾的遮蔽處，小心翼翼往下方街道瞧。

「現在換了一個人，威廉。」他跟我說：「他們大約五分鐘前換的班。」

他的語氣歡快，似乎相當享受當前的情況。我也來到窗邊。的確，一位頭戴圓禮帽的高個男子接替了他同僚吃力不討好的任務，繼續等待著不可見的女友。

「可憐的傢伙。」亞瑟咯咯笑著。「他看起來冷得要命，對吧？如果我送個裝滿白蘭地的藥瓶下去，再附上一張名片，你覺得會觸怒他嗎？」

「他大概看不出其中的笑點。」

說來奇怪，覺得尷尬的是我。亞瑟一派不合時宜的自在，彷佛忘了我不到一小時前才說過那些不中聽的話。他對我的態度自然得有如什麼事也沒發生。我感覺自己對他的態度又再度轉硬了。入浴時，我本已心軟，對某些殘酷的字眼感到後悔，也責備自己不該那麼惡毒或自傲。我還演練了部分和解過程，打算展現我的寬宏大量。不過，亞瑟當然得先表示善意才行。而眼前的他卻帶著慣常的慇勤好客，若無其事打開酒櫃。

「不管怎樣，威廉，你不反對來一杯吧？可以為晚餐增加點胃口。」

「免了，謝謝。」

我試著用嚴峻的語氣回話，但聽起來只像在生悶氣。亞瑟的臉立即垮了下來。我現在察覺了，他那輕鬆的態度只是種測試。他深深嘆了口氣，開始更進一步地懺悔，臉上擺出有如參加上流社會喪禮的表情，穩重、假惺惺、無謂哀傷。他瞬間變得如此病懨懨，讓我不由自主笑了出來。

「真服了你，亞瑟，我敗給你了！」

他小心翼翼不敢回應，只露出怯懦、詭祕的微笑。這一次他可不願操之過急。

「我猜……」我若有所思地接著說：「到最後，沒有人曾真的對你發過脾氣，對吧？」

亞瑟並沒有假裝誤解，只是一本正經地檢視著指甲。

「唉，不是每個人都像你這麼寬大為懷的，威廉。」

沒有用，我們又回到那爾虞我詐的言語牌戲了。原本可以多所彌補的真心時刻，就這樣被漂亮地迴避開。亞瑟東方式的敏感心靈畏懼粗暴、健康、現代自由摔角般赤裸裸的坦誠與告解；他用一句恭維取而代之。就如同過去經常發生的，我們又來到一條微妙、幾乎可見的界線邊，那線分隔了我們兩個的世界。現在我們大概是不可能跨越了。我不夠老練或圓滑，無法找到法門。我們陷入一陣掃興的沉默，而他打開櫥櫃，從中翻找著。

「你**確定**不來點白蘭地嗎？」

我嘆氣，心灰意冷，露出笑容。

「好吧，謝了，我來一點。」

我們互碰酒杯，鄭重其事地啜飲。亞瑟咂了咂嘴，帶著毫不掩飾的滿足。他顯然認定這其中具有某種象徵：是和解，不然至少也是休戰協定。但並非如此，我沒這種感覺。醜陋骯髒的事實仍存在，就在我們面前，再多白蘭地也無法沖走。

目前看來，亞瑟對這事實尚無所覺。我很高興。我感到一股突如其來的焦慮，想要保護他，讓他免於領悟自己到底幹了什麼。悔恨不適合年長者。悔恨在他們身上不會產生淨化或提升，只會帶來恥辱與悲慘，就像是某種膀胱疾病。亞瑟絕不能後悔。而說真的，他似乎也不太可能會後悔。

「我們出去吃吧。」我說，感覺越快離開這不祥的房間越好。亞瑟不由自主朝窗戶瞥了一眼。

「威廉，你覺得施洛德女士可以幫我們弄些炒蛋嗎？我現在不太有心情出門冒險。」

「我們當然要出門，亞瑟。別傻了。你一定要盡可能保持正常，不然他們會認為你正在策劃什麼陰謀。況且，也為樓下那不幸的人想想。他肯定無聊得要命。如果我們出門，或許他也可以順便吃點東西。」

「嗯，我得承認——」亞瑟半信半疑地同意。「我沒想到這點。好吧，如果你確定這樣明智的話……」

知道自己正被警探跟蹤是種很奇妙的感覺，特別是你其實並不急於擺脫他的時候，就像此刻的我們。我跟亞瑟肩並肩出現在大街上，感覺像是內政大臣跟著首相一同離開下議院。戴圓禮帽的男子若非新手，就是對工作極度厭倦。他完全不打算隱藏自己，大剌剌地站在路燈的光圈中直視著我們。一種扭曲的禮貌感阻止我轉頭看他有沒有跟上；至於亞瑟，他的困窘簡直一望即知。他的脖子似乎疊縮進身軀中，於是有四分之三的臉埋進了外套領子下；其步伐可比逃離命案現場的凶手。我很快就發現自己正下意識地調整腳步：先是出於擺脫追趕者的本能慾望而急急前行，然後又減慢，以免完全甩掉了他。步行到餐館的途中，亞瑟跟我都沒說一句話。

我們剛就座，警探就進來了。他看也不看我們一眼，便大步走到吧檯邊，愁眉苦臉地將一盤煮香腸和一杯檸檬水吃乾喝淨。

「我猜他們值勤時是不准喝啤酒的。」我說。

「噓，威廉！」亞瑟咯咯地笑。「他會聽見的！」

「我才不在乎。他又不能因受取笑就逮捕我。」

然而，此時一個人的教養發揮了潛在的力量，讓我的音量壓到近乎耳語。

「他的開銷想必可以報公帳。嘿，我們真該帶他去蒙馬特餐廳才對，好好犒賞他一頓。」

「或是去歌劇院。」

「要是去教堂就逗了。」

我們交頭竊笑，像是兩個作弄校長的小男孩。高個男子就算意識到我們的品頭論足，也表現得相當有尊嚴。他對著我們的側臉陰鬱而多思，甚至富有哲學味道；說不定他還寫詩。吃完香腸，他點了盤義大利沙拉。

如此這般的笑話持續了整頓飯。我有意盡量拖長這笑話。我想亞瑟也是如此。我們心照不宣地互相協助，都害怕有所停頓。沉默將太過懾人，而我們之間能談的又那麼少。我們在適當的時間儘速離開餐廳，警探陪同著我們一路回家，像個見到我們上床才會安心的褓母。我們從亞瑟房間的窗戶看著他回到原本的位置：房屋對面的街燈柱旁。

「你覺得他會在那兒待多久？」亞瑟憂心地問我。

「大概整晚吧。」

「老天，希望不會。如果真這樣，我一整晚都無法入睡了。」

「要是你穿著睡衣出現在窗前，也許他就會離開。」

「別鬧了，威廉，這麼不雅的事我可做不出來。」亞瑟摀嘴打了個呵欠。

「好了。」我有點尷尬地說：「我該上床睡覺了。」

「我也正要這麼說，老弟。」亞瑟心不在焉地用拇指和食指托著下巴，茫然四顧，用一句簡單到排除了所有諷刺意味的話作結：

「我們都度過了累人的一天。」

無論如何，到了隔天早上，我們也沒時間尷尬了，有太多事情要做。一等亞瑟的頭脫離理髮師的雙手，我便穿著晨袍進他房間商議。現在換成一位身穿大衣，較矮小的警探在值勤。亞瑟得承認他不知道他們之中有沒有人在屋外守了整晚。同情心終究沒有妨礙他的睡眠。

頭一個問題當然是要決定亞瑟的目的地。必須跑一趟最近的旅行社打聽可能的航班和路線。亞瑟已經下定決心遠離歐洲。

「雖然難以割捨，但我覺得需要徹底換個環境。人在這裡是那麼侷限，那麼拘束。隨著年紀增長，威廉，你會感覺世界越變越小。邊界似乎逐漸在逼近，直到幾乎沒有空間能讓你呼吸。」

「那肯定很不好受。」

「是啊。」亞瑟嘆氣。「的確是。我現在可能有點過度緊張了，但還是得說，在我看來，歐洲完完全全就是一堆捕鼠器的集合。唯一的差別，只是其中有些用的起司比較高檔。」

接下來，就該討論我們誰該出門去打聽。亞瑟對此極不情願。

「可是，威廉，若我親自去，樓下的朋友肯定會跟著我。」

「當然會。這正合我們的意。一旦讓主管機關知道你打算遠走高飛，他們就安心了。我相信他們最渴望的就是目送你離去。」

但亞瑟不喜歡這樣。這種手法違背他凡事神祕兮兮的本性。「這似乎不太恰當。」他又說。

「聽著——」我狡猾地說：「如果你真要我去，我就去。但有一個條件，就是我出門時，你得親自跟施洛德女士宣布這消息。」

「別鬧了，老弟……不行，這我實在沒辦法。好吧，就照你的意思……」

半小時後，我從我房間的窗戶看著他現身大街上。警探顯然一點也沒注意到他離去，正忙著研讀對屋門口的名牌。亞瑟迅速動身，目不斜視。他讓我想起某首詩中的男子，就怕瞥見在他身後亦步亦趨的魔鬼。警探依然抱著極大的興趣在研究名牌。正當我對他的盲目開始感到惱火時，他直起身子，看了看錶，明顯有點訝異，遲疑了一下，似乎在思考，然後像是個已等待太久的人，邁開快速、不耐的步伐而去。我望著他的渺小身影從視線中遠去，樂不可支地感到欽佩。他真是個藝術家。

這段期間，我自己也有苦差事要辦。我在客廳找到正在排塔羅牌的施洛德女士。這是她每天早上固定的習慣，用牌預知這一天會發生什麼事。都到這種時候了，我也無須拐彎抹角。

「施洛德女士，諾里斯先生剛得到一些壞消息，得馬上離開柏林。他請我跟你說……」

我住口，感覺極度不適，吞了口口水，然後衝口而出：

「他請我跟你說……除了一月，他也願意付整個二月的房租……」

施洛德女士沉默不語。我彆腳地解釋道：

「因為他得這麼臨時地離開，所以……」

她沒抬頭。我只聽聞含糊沉悶的聲音，然後一大顆淚珠滴落在她眼前桌面的紙牌上。我也想哭了。

「或許……」我真懦弱。「他只是離開幾個月。還會回來……」

但施洛德女士不是沒聽見，就是不相信。她啜泣得更厲害，完全沒打算克制。也許亞瑟的離去只是最後一根稻草，一旦起了頭，所有值得一哭的事便排山倒海而至：拖欠的租金和稅金、付不出的帳單、運煤人的粗魯無禮、她的背痛、她的疔瘡、她的貧窮、她的寂寞，以及漸漸朝她逼近的死亡。聽她說話真是可怕非常。我開始在屋內徘徊，焦慮地觸摸家具，陷入痛苦的恍惚。

「施洛德女士……沒事的，真的，那……別這樣……拜託……」

最後她終於平復，用桌巾的一角抹著眼睛，深深嘆了口氣。哀傷間，她紅腫的雙眼掠過成列紙牌，突然懷著某種淒切的得意，高聲驚呼：

「哇，真想不到。布萊德蕭先生，快來看！黑桃A……上下顛倒耶！我早該料到會有這類的事發生。紙牌是從不會錯的。」

約莫一小時後，亞瑟搭計程車從旅行社回來，雙手滿是文宣資料及圖像冊子。他看起來又累又沮喪。

「進展如何？」我問。

「給我點時間，威廉，給我點時間……我有點喘不過氣……」

他重重癱倒在椅子上，用帽子搧著風。我踱步到窗邊。警探沒有在他的老位子上。不過，我將頭朝左一撇就瞧見他了。他在相隔一段距離的街道遠端，正檢視著一間雜貨店的貨品。

「他回來了嗎？」亞瑟詢問。

我點點頭。

「真的?平心而論，那位年輕人在那惹人厭的職業中應該前途無量……你知道嗎?威廉，他臉皮厚到敢走進旅行社，直接站在我旁邊的櫃台耶!我甚至聽見他詢問去哈茨山的行程。」

「也許他真的想去，誰知道。他或許就快要放假了。」

「好吧，好吧……不管怎麼說，那真是太讓人心煩意亂……我差點難以做出這麼生死攸關的決定。」

「那最後有何定論?」

「很遺憾。」亞瑟沮喪地注視著靴上的扣子。「恐怕別無選擇，只有去墨西哥了。」

「我的老天!」

「唉，老弟，在這麼緊迫的時間內，選擇非常有限……我當然更寧可去里約，或是阿根廷。我甚至考慮了中國。但現今不論哪裡都有一堆荒謬的手續規定，要問各式各樣愚蠢又無禮的問題。我年輕的時候可是大不相同……一名英國紳士到哪兒都受歡迎，尤其是拿著頭等艙的票。」

「那你何時動身？」

「明日正午有一班船。我想今天就該搭夜車前往漢堡。比較舒服，而且依情況看來，或許也比較明智，你不覺得嗎？」

「應該是。沒錯……突然間，這一步似乎踏得妙極了。你在墨西哥有朋友嗎？」

亞瑟咯咯笑道：「我到哪裡都有朋友，威廉。或者該說是共犯？」

「那你抵達後要做什麼？」

「我會直接前往墨西哥城（一個最讓人沮喪的地方；不過自我一九一一年造訪過以後，那邊應該改變了許多）。然後會到最好的酒店租個房間，等待靈感降臨……我想我不會挨餓的。」

「不會的，亞瑟。」我笑著說：「我無法想像你會挨餓！」

他面露喜色。我們喝了幾杯，變得生氣勃勃。

施洛德女士被喚了進來，好幫亞瑟著手打包。一開始她憂愁滿面，還帶有點不諒解，但一杯白蘭地發揮了神奇的力量。對亞瑟忽然要離開的原因，她自有一套解釋。

「唉，諾里斯先生呀，諾里斯先生！你應該要更小心點的。像你這種年紀的紳士，對這些事該有足夠的經驗才對……」她背著他，搖搖晃晃地對我眨了下眼。「你怎麼不相信你的老施洛德呢？她會幫你的，她一直都知情！」

亞瑟既困惑又隱約覺得困窘，一臉疑惑地望著我尋求解釋。我假裝一無所知。現在行李箱到了，是由門房和他兒子從公寓頂層的閣樓搬下來。施洛德女士邊打包，邊為亞瑟衣服的精美華貴而驚呼連連。慷慨又愉快的亞瑟本人則開始大放送。門房拿到了一套西裝，門房老婆是一瓶雪利酒，他們的兒子得到一雙蛇皮鞋。鞋子對他來說遠遠太小，但他堅持總是有辦法塞進去的。一疊疊報紙和期刊準備送給醫院。亞瑟一派神氣地發送東西，很清楚該怎麼扮演好大地主的角色。門房一家人離開時滿懷感激，沒齒難忘。我看見一則傳奇的開頭已經寫好了。

至於施洛德女士呢，她的禮物多不勝數。除了蝕刻版畫和日式屏風，亞瑟還給了她三瓶香水、一些護髮液、一個粉撲、酒櫃裡所有的東西、兩條美麗的圍巾，以及在這麼多讓人臉紅的東西中，再添上兩條令人夢寐以求的絲綢連衫褲。

「我真希望威廉你也收些什麼。就一些小東西……」

「好吧，亞瑟，多謝你了……這樣吧，你還留著《史密斯小姐的拷問室》嗎？你那些書裡，我一直最喜歡這本。」

「真的？沒開玩笑？」亞瑟樂得滿臉通紅。「你這麼說真是太讓人高興了！哎，威廉，我真覺得必須要告訴你一個祕密。我最後的祕密……那本書是我自己寫的！」

「亞瑟，不會吧！」

「真的，我保證！」亞瑟開心地傻笑。「好多年前了……年輕時幹的荒唐事，往後都讓我感到有點羞愧……是我自己私下在巴黎印的。據說歐洲一些最知名的藏書家還收藏了幾本。是非常稀有的珍品喔。」

「而你沒再寫過其他東西？」

「絕對沒有啦！……我把天分都投注在我的生活，而不是藝術上。書也不是第一次有人稱讚。算了，別提了。喔對，說到這個，你知道我還沒跟親愛的安妮說再見呢？我真覺得今天下午或許該請她過來一趟，你說呢？畢竟我也要到午茶後才會離開。」

「最好不要，亞瑟。你需要為長途旅行保留點精力。」

「好吧，哈，哈！你說得對。分手的痛肯定會劇烈無比……」

午餐後，亞瑟上床小憩。我將他的行李用計程車載到雷爾特車站，存放在寄物處。亞瑟極力想避免在住處進行拖拖拉拉的告別儀式。現在是高個子的警探在值勤。他感興趣地看著計程車裝載的行李，但並沒有跟上來。

午茶時亞瑟不安又抑鬱。我們同坐在凌亂的臥室中，空蕩蕩的櫥櫃敞開著門，床角的褥墊捲起。我莫名感到憂慮。亞瑟無精打采地搔著下巴，嘆氣道：

「我好像老了，威廉，應該很快就會進棺材了。」

我笑著說：「再過一星期你就會坐在甲板上曬太陽，而我們卻只能繼續泡在這悲慘的城市裡凍個半死。告訴你，我嫉妒你。」

「是嗎，老弟？有時我真希望自己不用如此漂泊。我骨子裡是個居家的人，只希望能安頓下來，別無所求。」

「哦，那為何不這麼做呢？」

「我也經常這麼問自己……似乎總是有什麼東西從中作梗。」

終於到了該動身的時刻。

亞瑟一陣忙亂，穿上外套，遺失又找到手套，為假髮做最後的梳理。我幫他把手提箱拿到玄關。一切就緒，只剩下最叫人痛苦的難關了：跟施洛德女士說再見。她從客廳出現，濕著眼眶。

「喔，諾里斯先生……」

門鈴大聲響起，並傳來兩下敲門聲。突如其來的打擾嚇了亞瑟一大跳。

「老天爺！會是誰呀？」

「是郵差吧，我想。」施洛德女士說：「讓我來，布萊德蕭先生……」

門還沒完全打開，外頭那人就一把推門進來。是施密特。

他喝醉了，就算還沒開口也顯而易見。他搖搖晃晃地站著，沒戴帽子，領帶甩到一邊肩膀上，領子歪斜。他的大臉又紅又腫，把眼睛擠成一條隙縫。玄關對四個人來說太小了。我們站得如此貼近，我都可以聞到他的呼吸了。臭氣沖天。

在我身旁的亞瑟發出含糊的驚呼聲，而我自己只能張口結舌。說來奇怪，我對眼前的詭異景像是全無心理準備。過去的二十四小時裡，我完全忘了施密特的存在。

他現在掌控了情勢，而他自己也很清楚這點。他的臉上散發著強烈的惡意。他一腳踹上身後的門，然後審視著我們兩個：亞瑟身上的外套、我手上的旅行箱。

「想跑路，啊？」他大聲地說，彷彿隔了中遠距離對著一大群聽眾喊話。「我懂了……以為可以甩掉我，對吧？」他向前踏了一步，與又驚又慄的亞瑟面對面。「還好我來了，不是嗎？但對你來說，就不好了……」

亞瑟再度發出聲音，這次是一種恐懼的尖銳聲響。這激得施密特掀起一股狂怒。他緊握拳頭，駭人地猛烈吼道：

「你這下流的王八蛋！」

他抬起手臂。他或許真打算揍亞瑟；若真如此，我也來不及阻止。在那一瞬間，我只來得及將手提箱扔到地上。但施洛德女士的反應更迅速，也更有效。她一點也不知道這場爭執的原由。這她不在意，光是知道諾里斯先生正被一個不知名的醉漢侮辱就夠了。她發出一聲義憤填膺的刺耳吶喊，隨後便衝了過去。那伸出的手掌一把抓住施密特的後腰，將他往前推，就像一個火車頭在推動車廂轉向。原本腳步搖晃的施密特猝不及防，於是跌跌撞撞穿過開啟的門，一頭栽進客廳，成大字形趴跌在地毯上。施洛德女士立刻敏捷地將門一鎖。整個過程不過五秒鐘。

「真沒禮貌！」施洛德女士嚷著。她的臉頰因使勁而鮮紅。「就這樣闖進來，好像這地方是他的一樣，而且還醉醺醺的……**我呸！**……噁心的豬。」

她似乎不覺得這件事有什麼特別詭祕的地方。也許她用某種方式，將施密特連結上瑪歌以及那不幸的嬰孩了。就算如此，她也夠圓滑，不會說破。客廳門傳來一連串劇烈的敲擊聲，讓我無心繼續編造更多解釋。

「他不會有辦法從後面出來吧？」亞瑟緊張地問。

「你可以放心，諾里斯先生。廚房門是鎖著的。」施洛德女士語帶威嚇地對著看不見的施密特說：「安靜，你這惡棍！我等等再來對付你。」

「不過……」亞瑟如坐針氈。「我想我們也該走了……」

「你要怎麼打發他？」我問施洛德女士。

「哎，這你別擔心，布萊德蕭先生。等你們一走，我就請門房的兒子上來。他會乖乖走的，我保證。不然的話，他就等著後悔吧……」

我們匆匆道別。施洛德女士太過興奮與得意，無暇傷感。亞瑟親吻了她的雙側臉頰。她站在樓梯頂端朝著我們揮手，可聽見她身後又爆出一陣隱隱的敲擊聲。

我們坐上計程車前往車站。開到半路後，亞瑟才恢復了鎮靜，能夠開口說話。

「真要命……我很少這麼極度不愉快地離開一個城市，應該從來沒有……」

「真可說是熱烈刺激的歡送呀。」我向後瞥了一眼，確認另一台載著那高大警探的計程車仍跟著我們。

「你覺得他會怎麼做，威廉？也許會直接去報警？」

「我很肯定他不會。只要他還醉醺醺的，警察就不會理他；而等到他清醒了，也會明白那沒什麼用。況且他完全不知道我們要去哪裡，頂多知道你今晚就要離開這國家了。」

「你說得或許沒錯，老弟。我真心希望如此。必須說我很不願留你獨自面對他的敵意。你千萬要小心，好嗎？」

「哎，施密特不會來煩我的。在他眼中，我沒這種價值。他大概輕輕鬆鬆就能找到另一個受害者了吧。我敢說他的本子裡肯定有一長串名單。」

「他在我手下做事的時候，的確有機會。」想了會兒之後，亞瑟同意道。「我相信他定有善加利用。那傢伙很有天分——邪惡的那種……喔，毫無疑問……沒錯……」

一切終於結束：跟寄物間的職員溝通誤會、為行李手忙腳亂、尋找在角落的座位、給小費。亞瑟將身子探出車廂窗外；我站在月台上。我們還有五分鐘可話別。

「幫我向奧托致意，好嗎？」

「我會的。」

「並告訴安妮我愛她？」

「沒問題。」

「真希望他們可以在這裡。」

「真遺憾，是吧？」

「但這樣不明智，在目前這種情況下。你說對吧？」

「對。」

我盼望著車開動。看來已經沒有什麼話好說了，除了眼下絕對不能說的話，因為要說也為時已晚。亞瑟似乎意識到這股真空，不安地搜索著他儲藏的語句。

「真希望你能跟我一道走，威廉……我會非常想念你的。」

「是嗎？」我尷尬地笑著，感覺到強烈的不自在。

「我真的會……你一直是我的重要支柱。從我們相識的那一刻開始就是……」

我臉紅了。驚人的是他竟能讓我感覺自己如此卑劣。難道我終究是誤會他了？我錯怪他了嗎？我有在不經意間惡劣地對待過他嗎？為轉換話題，我問道：

「你還記得那次旅行嗎？真不明白他們在邊境為何要那樣大驚小怪。我猜他們那時大概已經盯上你了吧？」

亞瑟不太關心這段回憶。

「我想是吧……沒錯。」

亞瑟沉默。我絕望地瞄了眼時鐘。還有一分鐘發車。他笨拙地再次開口：

「請別把我想得太壞，威廉……我不希望這樣……」

「說什麼傻話，亞瑟……」我盡可能輕描淡寫地帶過。「怎麼會嘛！」

「人生實在太過複雜。我的行為也許前後矛盾，但我可以誠實地說，在內心裡我一直、也將永遠忠於共產黨……說你相信我，拜託。」

他真是肆無忌憚、荒謬絕倫、毫無羞恥之心。但我能怎麼回答呢？在那種時刻，就算他要我宣稱四加四等於五，我也會照辦。

「好，亞瑟，我相信。」

「謝謝你，威廉……老天，列車真的要開了。希望我所有的行李都上了車。願上帝保佑你，老弟。我會一直掛念著你。我的雨衣呢？喔，沒關係。我的帽子沒歪吧？再見。多寫信，好嗎？再見。」

火車漸漸加速，將他那乾淨細緻的手從我手中帶離。我沿著月台走了一小段，佇立揮手，直到最後一節車廂從視線中遠去。

我轉身要離開車站時，差點跟一名就站在我身後的男子撞個正著。是那位警探。

「不好意思，**警官大人**。」我喃喃低語。

但他一笑也不笑。

16

三月初，選舉過後，天氣突然變得溫暖和煦。「希特勒的天氣。」門房的老婆說；她兒子則開玩笑地評論，我們應該要感謝范得呂伯*，因為燒毀國會大廈讓雪也融了。「這麼好看的一個男孩呀。」施洛德女士嘆著氣論道：「怎麼會做出那麼可怕的事呢？」門房的老婆對此嗤之以鼻。

轉進我們的街道會發覺看起來相當歡樂繽紛，可以瞧見黑白紅的旗幟平靜地懸掛在窗戶上，映襯著春季的藍天。諾倫多夫廣場上的人們穿著大衣坐在咖啡店戶外，讀著巴伐利亞的政變新聞。戈林（**Hermann Göring**）的聲音自角落的廣播喇叭中傳出。德國醒了，他說。一間冰淇淋店已開張。四處都有身穿制服的納粹邁著大步，一臉不苟言笑，彷彿在執行重大任務。咖啡店前讀報的人轉頭看著他們經過，然後露出笑容，似乎很高興。

他們對這些腳踏招搖大靴，要去推翻凡爾賽條約的年輕人投以讚許的笑容。他們很高興，因為夏天就快來到，因為希特勒承諾會保護小商人，因為報上寫著好日子已經不遠了。忽然之間，他們

* Marinus van der Lubbe，荷蘭共產黨分子，涉嫌在一九三三年二月二十七日於德國國會大廈縱火；國會大廈全毀，他則於次年被當時執政的納粹處死。此案的真實原因及有無共犯至今未明，卻也讓納粹對共黨的清剿更加明正言順。

以金髮碧眼為傲，並且像孩子般為一種不可明說的感官愉悅而興奮不已，因為猶太人（他們商業上的競爭對手）及馬克思主義者（跟他們無關，界定模糊的一小撮人）已不負眾望，終於被判定為戰敗及通貨膨脹的罪魁禍首，準備等著受罰。

城裡盡是蜚短流長；大家都在傳半夜非法逮捕，犯人在衝鋒隊隊營受虐，被逼著對列寧像吐口水，吞蓖麻油，吃舊襪子的事。人們淹沒在政府憤怒、巨大的聲響之中，眾說紛紜，莫衷一是。但就算是戈林也無法讓海倫．普拉特保持沉默。她決定自行調查種種暴行。早晨、午間和夜晚，她都在城裡四處打聽，搜尋被害人或他們的親屬，忙著盤問種種細節。想當然，不幸的人們謹慎緘默，而且怕得要死。他們可不想再來一次。但海倫跟他們的施暴者一樣絕不善罷甘休。她利誘、哄騙、死纏爛打。有時失去耐心了，她也會威脅。關於他們之後的處境，她其實不感興趣。她只要真相。

是海倫頭一個告訴我拜爾已死。她有絕對可靠的證據。他辦公室的一名職員獲釋後，說曾在斯潘道營區見過他的屍體。「很有趣。」她說：「他的左耳整個被扯掉了……天曉得為什麼。我相信那幫人裡頭有些根本是瘋子。咦，小布，怎麼了？你的腮幫子都發青了。」

「我感覺正是如此。」我說。

弗里茨・溫德發生了一件尷尬的事。他前幾天出了車禍，手腕扭了，臉上的皮也擦破了。傷勢並不嚴重，但他還是得貼著一大片膏藥，用吊帶托著手臂。而現在，雖然天氣美妙，他仍舊不願意放膽出門。不論什麼繃帶都會引起誤會，特別是弗里茨這種膚色深，頭髮又黑得像煤一樣的人。路人會說些令人不快的閒言惡語。當然，弗里茨不會承認這點。「去他的，我是說，感覺真是蠢斃了。」他變得異常小心，絕口不提政治，就連我倆獨處時也是。「終歸要來的。」這是他對新政權下的唯一評語，而他說這話的時候，還避開了我的眼神。

隱隱潛伏，具傳染力的恐懼瘟疫蔓延了整座城市。那就像流行性感冒一樣，我可以從骨子裡感覺得到。就在破門搜索的消息剛傳來的時候，我和施洛德女士討論過拜爾先前給我的文件。我們把文件和我那本《共產黨宣言》藏到廚房裡的柴堆底下。移動再疊起柴堆花了半個小時，但還沒忙完，我們的預防措施已經開始顯得幼稚了。我有點替自己感到羞愧，於是不斷向施洛德女士誇大我職位的重要與危險，她尊敬地聽我說，且越聽越火。「布萊德蕭先生，你是想說他們會進到我屋裡嗎？噢，還真有臉。那他們就試試看吧！哼，看我賞他們兩記耳光。先聲明，我一定會這麼做！」

一兩天過後的夜裡，我被外門巨大的拍打聲給吵醒。我從床上坐起開燈。才三點。輪到我了，我心想。不知他們會不會讓我打電話到大使館。我用手順了順頭髮，試著裝出一副傲慢輕蔑的神態，但不太成功。等到施洛德女士終於拖著腳步開門一看才真相大白：那只是附近的房客。他喝醉了，才會跑錯樓層。

經過了這次的驚嚇，我就一直受失眠所苦。我不停幻想自己聽到房外傳來重型汽車停下的聲音。我躺在黑暗中，等待門鈴響起。一分鐘。五分鐘。十分。有天早晨，我半夢半醒地盯著頭頂的壁紙，上面的圖案突然化成一連串拖著彎鉤的十字。更糟的是，我發現房裡每樣東西都泛著褐色；綠褐色、黑褐色、黃褐色，或是紅褐色；總之都是褐色，一點也沒錯。吃過早餐也上過廁所後，我才覺得好多了。

一天早上，奧托來訪。

他一定是在六點半左右按下了門鈴。施洛德女士還沒起床；我自己開門讓他進來。他一身髒汗，頭髮凌亂糾結，鬢角旁劃破的口子在他臉龐下方留了一點血漬。

「唷，小威。」他咕噥，接著突然抓住我的手臂。我費了好大的勁兒才沒讓他摔倒。但他不是我原本猜測的喝醉了，只是精疲力竭。他跌進我房裡一張椅子上。等我關了外門回來，他已經睡著了。

該怎麼處置他是個問題。我有個學生一早會來。最後，施洛德女士和我一人一邊，總算將半夢半醒的他扛到了亞瑟先前的臥室，將他放到床上。他重得叫人難以想像。他一躺下就開始打呼，呼聲大到在我房裡都能聽見，關起門來也沒用；整堂課，那呼聲都持續不斷，清晰可聞。同時，我這位很快有望當上校長的男學生，正熱切地呼籲我不要相信那些「猶太移民揑造的」政治迫害故事。

「事實上——」他向我保證：「這些所謂的共產黨員不過是一小撮罪犯，街上的人渣。而且大多數根本就不是德國人。」

「我以為——」我客氣地說：「你才剛跟我說過威瑪憲法是他們起草的？」

這一時間壓住了他的話。但他很快回過神來。

「不是的，不好意思，威瑪憲法是馬克思主義猶太人的功勞。」

「啊，是猶太人呀……沒錯吧。」

我的學生露出一抹微笑。我的愚蠢讓他多少有點優越的感覺。我想他甚至喜歡我這一點。隔壁房間傳來一聲特別大的呼嚕聲。

「對一個外國人來說——」他客氣地退讓了一步。「德國政治是非常複雜的。」

「非常。」我表示同意。

奧托大約在午茶時醒來，餓壞了。我出門買了些香腸和雞蛋，施洛德女士在他梳洗時為他做了頓餐點。接著我們都到我房裡坐下。奧托菸一根接著一根抽，神經緊張，坐立難安。他的衣服很破，毛衣的領口也磨壞了。一張臉上滿是凹陷。他現在看來像個大人了，至少老了五歲。

施洛德女士強迫他脫下夾克。她邊聽我們聊天邊縫縫補補，還不時插話：「這可能嗎？這種事……他們怎敢這麼做！我倒想知道！」

奧托說他已經逃了半個月了。國會大廈失火後兩天，他的死對頭韋納・貝多夫夜裡帶著手下六名衝鋒隊員，要來「逮捕」他。奧托用這個字眼時不帶諷刺；他似乎覺得這很自然。「這段時間裡，很多舊帳都結清了。」他補了一句，很簡潔。

不過，奧托在穿過天窗，踹了一個納粹的臉之後，終究逃了出來。他們朝他開了兩槍，但沒打中。從那時起他就在柏林流浪，白天睡覺，晚上徘徊於街頭，就怕遇上家戶搜索。第一個星期還不算太糟；同志們輪番收留他，一個傳一個。但現在這風險變得太大了。他們許多人不是死了，就是被送進了集中營。他只能盡量抓緊能睡的時間，在公園的長椅上短暫打盹。但他必須不停眼觀四方，根本沒法好好休息。他再也撐不下去了。明天他就要離開柏林。他要想法子去薩爾。有人告訴他這是最容易跨越的邊界。危險自是不在話下，但總比被困在這兒好。

我問到安妮的近況。奧托不清楚。他聽說她又和韋納·貝多夫在一起了。你以為還能怎樣？他甚至不覺痛苦，只是不在乎了。那歐嘉呢？噢，歐嘉過得挺好。這個了不起的女生意人藉助她某個客戶，一名納粹軍官的顯赫影響力而逃過了清算。其他納粹軍官也開始去那兒了。她的未來已有保障。

奧托也聽說了拜爾的消息。

「他們說台爾曼也死了。還有潤恩。年紀輕輕，年紀輕輕……」

我們交換了關於其他知名人士的傳言。施洛德女士搖著頭，說到誰都會囁嚅個兩句。她如此真心地感到不快，沒有人料想得到這些名字她大多都還是頭一次聽聞。

話題很自然地轉到亞瑟。我們給奧托看了從坦皮科寄來的明信片，是寄給我們兩個的，一星期前才到。他不無欽羨地端詳著。

「我想他在那邊會繼續進行工作吧？」

「什麼工作？」

「當然是黨的工作啊！」

「噢，是啊。」我連忙表示同意。「當然會。」

「他那個時候離開，還挺幸運的，對吧？」

「是啊……的確是。」

奧托雙眼發亮。

「我們黨內需要更多老亞瑟這樣的人。他是個演說家，真的！」

他的熱情溫暖了施洛德女士的心。淚水在她眼眶裡打轉。

「我總是說諾里斯先生是我所認識最優秀、最傑出又最正直的紳士。」

我們都沉默不語。在暮光籠罩的房間裡，我們獻上感激、虔敬的一刻來追憶亞瑟。接著奧托繼續以深具信念的口吻說道：

「你知道我是怎麼想的嗎？他正在那邊為我們奔波，忙著搞宣傳和募款；總有一天，你等著瞧，他會回來的。到時希特勒和他那些狐群狗黨最好把皮繃緊一點……」

天色漸暗。施洛德女士起身把燈點亮。奧托說他得走了。他感覺已回復元氣，因此決定今晚就動身。破曉時，他將把柏林遠遠拋在身後。施洛德女士極力抗議。她非常喜歡他。

「別胡說了，奧托先生。今晚你得睡這兒。你需要徹底休息。納粹不會發現你在這裡的。他們得先把我砍成碎片才行。」

奧托笑了笑，親切地向她道謝，但他是勸不了的。我們得讓他走。施洛德女士在他口袋裡塞滿三明治。我給了他三條手帕、一把小刀，及一張印在明信片上的德國地圖。那是塞到我們信箱裡的腳踏車廠廣告。雖然這只是張明信片，總也聊勝於無，因為奧托的地理糟得令人擔心。無人指引，他極可能不知不覺就走向了波蘭。我還想給他一些錢。起先他不同意，我得借用我們都是共產黨弟兄的虛偽理由，並巧妙地補上一句：「你日後可以再還給我。」我們鄭重其事地為此握手。

他離開時情緒高昂得令人驚訝。光看他的舉止會讓人以為需要鼓勵的是我們，而不是他。

「高興點，小威。別擔心……我們的時代會來臨的。」

「當然會。再見了，奧托。祝你好運。」

我們從窗子後頭看著他上路。施洛德女士已經開始吸鼻子了。

「可憐的孩子……你覺得他有機會嗎，布萊德蕭先生？我肯定會整晚都睡不著，光惦記著他。他就像是我親生的兒子一樣。」

奧托回望了一次；他輕鬆地揮著手微笑著。接著他將手塞入褲袋，聳起肩，邁起厚重機靈一如拳擊手的步伐，快速沿著幽長黑暗的街道走進亮晃晃的廣場，消失在他那些四處閒晃的敵群中。

我再也沒見過他或聽聞他的消息。

三個星期後我回到了英國。

海倫．普拉特來探望時，我已在倫敦待了將近一個月。她前一天才從柏林凱旋歸來，成功地用一系列燙手的文章，讓她的期刊在全德國遭禁。她受邀並已接下美國一份更好的工作，半個月內就會搭船進軍紐約。

她全身散發著活力、成功和新聞的氣息。納粹革命肯定讓她重獲新生。聽她說話，你會以為她先前兩個月都躲在戈培爾（Joseph Goebbels）的寫字台或希特勒的床底下。她清楚每段私人談話的細節，每樁醜聞的內幕。她知道沙赫特（Hjalmar Schacht）對諾曼（Montagu Norman）說了什麼，巴本對邁斯納（Otto Meissner）說了什麼，也預期施萊謝爾或許很快會對皇太子說些什麼。她知道蒂森（Fritz Thyssen）支票上的金額。她有關於羅姆（Ernst Röhm）、海因斯（Edmund Heines）、戈林和他那些制服的新故事。「我的天，小布，可熱鬧了！」她滔滔不絕說了好幾個小時。

總算說完了所有大人物的惡行惡狀之後，她開始談起雜魚小蝦。

「你應該聽說過佩格尼茨事件了吧？」

「不，完全沒聽說。」

「天，你真落伍！」海倫因為又有一個故事可講而滿臉喜色。「唉，是你離開不到一個星期的事。當然，這事報紙上寫得語焉不詳。是一個《紐約先驅報》的老友跟我報的內幕消息。」

但是在這件新聞上，海倫並未掌握所有內情。她當然不會知道范霍恩的所有事。我有股強烈的衝動想要填補她故事裡的漏洞，或至少洩漏一些我所知曉的事。感謝老天，我沒屈服。將新聞交給她，就好比將一碟牛奶推到貓的面前般不值信賴。而她消息靈通的同業獨力挖出這麼多事，也的確讓我驚訝不已。

警方一定從我們的瑞士行後，便持續監視著庫諾。他們的耐心確實了不起，因為整整三個月間，他完全沒做出會引人懷疑的事。接著，十分突然地，他在四月初和巴黎接上線了。他說已準備好重新考慮他們談過的生意。他的第一封信很短，很小心地語焉不詳；一個星期後，在范霍恩的壓力下，他寫了封篇幅長得多的信，詳列他準備要賣些什麼。他透過特殊信差遞送，做足防護措施，還用了密碼。不過幾個小時內，警方就破解了每一個字。

警方當天下午就到他的住處抓人。庫諾出門去了，和一個朋友喝下午茶。他的男僕在警方接管一切之前，抓住僅有的時間打電話警告他。庫諾似乎完全失了主意。他做了最糟的選擇：跳上一輛計程車直奔動物園站。那兒的便衣即刻認出他來。他們早上剛收到庫諾樣貌的形容，而且誰會認不出庫諾呢？殘酷的是，他們先等他買了下班車的車票，而車正巧是開往奧德河畔法蘭克福*。當他拾級而上，前往月台，兩名警探趨前逮捕了他；不過他已有準備，調頭就跑。不用說，所有出口都有人留守。追捕者在人群中失去了他的蹤影，在他穿過百葉門衝進洗手間時，才又瞥見他。等到他們推擠過重重人群，他已經將自己鎖在其中一間廁所裡了。（海倫語帶輕蔑地說：「報紙寫的是電話亭。」）警探命令他出來。他不回應。最後他們得淨空整個地方，準備破門。就在那時庫諾舉槍自盡。

「而他連這事也幹得不乾不脆。」她補充。「子彈偏了，幾乎將他的眼珠轟了出來，殺豬似的鮮血直流。他們還得將他送到醫院了結。」

「真可憐。」

海倫投來好奇的目光。

「照**我**看來，這種人渣是罪有應得。」

「是這樣的。」我語帶歉意地坦白：「我跟他，略有交情……」

---

* 此與眾所熟知的大城美因河畔法蘭克福（Frankfurt am Main）不同；此為柏林東方與波蘭交界處的小鎮，原名Frankfurt an der Oder。

「哎，真沒想到！真的嗎？對不住。不過我得說，小布，你這人挺好，但真有些怪裡怪氣的朋友。好吧，那這事你應該會感興趣。你該知道佩格尼茨是個同性戀吧？」

「大概猜到了。」

「好，我的老友得知佩格尼茨為何會幹下這種賣國通敵勾當的隱情。他亟需現金，因為他正被人勒索。而你猜，是誰在勒索他？不是別人，正是你另一位親愛的老友，那位哈里斯的祕書。」

「諾里斯嗎？」

「沒錯。嗯，看來他這個寶貝祕書……對了，他叫什麼名字？」

「施密特。」

「是嗎？應該沒錯。真是人如其名啊……施密特手上握有大批佩格尼茨寫給某個年輕人的信。天曉得他是怎麼弄到的。佩格尼茨都甘冒生命危險贖回了，肯定是很勁爆的東西。我自己是覺得不值，還不如抬頭挺胸面對。但這些人向來沒什麼種……」

「你的朋友有查出施密特後來怎樣了嗎？」我問。

「應該沒有吧，不清楚。他何必查？這些禽獸還會怎樣？八成正在國外某個地方揮金如土吧。看來他已經從佩格尼茨身上撈了不少。要我說的話，隨他去，誰在乎啊？」

「我知道有個人或許會感興趣。」我說。

幾天後，我收到亞瑟的來信。他目前正在墨西哥城，一點也不喜歡那個地方。

給你點發自肺腑的建議，老弟，絕對不要踏上這可憎的城市。就物質層面而言，這話一點也不假。我想方設法要維持過往的安逸，但這裡完全缺乏有智慧的社交圈（至少就我對這詞彙的理解來看），讓我深感苦惱。

亞瑟沒有提到太多生意上的事。他比以往更謹慎防備。

「景氣很差，但整體而言，沒得抱怨。」這是他唯一透露的。不過在關於德國的事上，他倒是暢所欲言：

想到勞工朋友落到這些人的手上，真讓我義憤填膺。不管怎麼說，這些人都不過是一群罪犯。

再讀下去還有：

看到一個狡獪又無恥的騙子竟可以瞞騙數百萬人，就算在這種世道，還是令人悲從中來。

信的結尾，他大力推崇了拜爾一番：

我一直景仰和尊敬他這個人。能夠說自己曾是他的朋友，我感到非常驕傲。

再次收到亞瑟的消息是在六月。那是張寄自加州的明信片。

我正沐浴在聖塔莫尼卡的陽光中。和先前的墨西哥相比，這裡簡直是天堂。手邊有點小計劃正在進行，可以說跟電影業並非全然無關。我預計也希望能夠賺上一筆。很快會再來信。

他的確寫信來了，而且無疑比原本計劃的更早。信中附了另一張明信片，日期跟上張只相隔一天。

最糟的情況發生了。今晚就要前往哥斯大黎加。詳情容抵達後再述。

這次還有一封短信。

如果墨西哥是地獄，那現在我就是身處無間煉獄了。加州那段田園牧歌的生活因施密特的出現而被硬生生地打斷！！！這怪物的鬼腦筋真是超乎常人。他不只跟著我來到這裡，還將我打算做的小生意查得一清二楚。我只能完全任他擺布，不得不將辛苦賺來的大半積蓄都送給他，並立即動身離開。能想像他有多麼厚顏無恥嗎？竟然提議我應該跟以前一樣雇用他！！我還不知道自己是不是成功甩掉他了。真不敢抱太大希望。

至少，亞瑟的心沒有懸在半空太久。短信之後，很快又來了一張明信片。

怪物來了！！！要試試祕魯。

我時不時便會接到關於這段詭異旅程的隻字片語。亞瑟到了利馬也躲不掉厄運。施密特不消一週就現身了。你跑我追的戲碼從那兒往智利進行下去。

「**消滅**爬蟲的計劃一敗塗地。」他從瓦爾帕萊索寄信來。「反而招惹出其毒液。」

我推想這是亞瑟曾企圖殺掉施密特的漂亮說法。

然而，他倆在瓦爾帕萊索時，似乎達成了某種休戰協議，因為下一張明信片即宣告他們將搭火車前往阿根廷，並指出了一種新的事態。

我們今天下午啟程，一起走，前往布宜諾斯艾利斯。現在鬱悶到無法再提筆了。

他們目前在里約，或者該說我最後聽聞如此。不可能有辦法預測他們的動向。施密特隨時會出動尋找新的獵場，並且拖著亞瑟這位不情願的雇主兼禁臠一道走。他們新的合作關係不會像過去那麼容易解除了。今後，他們注定要同行於世。我經常想起他們，思量著如果某天真的不巧與他們狹路相逢，自己該怎麼做。我並不特別為亞瑟感到難過。畢竟，他毫無疑問弄到了大筆的錢。但他深深自憐。

「告訴我，威廉——」他最後一封信的結尾寫道：「我究竟做了什麼，要落得如此下場？」

國家圖書館出版品預行編目資料

柏林最後列車 / 克里斯多福・伊薛伍德(Christopher Isherwood)著；劉霽譯. --初版. --臺北市：一人, 2013. 06
288面；21*13.5 公分
譯自：Mr. Norris Changes Trains
ISBN 978-986-89546-0-1(平裝)

873.57　　102008882

柏林最後列車 Mr. Norris Changes Trains

作　　者　克里斯多福・伊薛伍德 Christopher Isherwood
選書翻譯　劉　霽
編　　輯　劉　霽
校　　訂　陳婉容
美術設計　小　子
出　　版　一人出版社
地址：臺北市南京東路一段二十五號十樓之四
電話：(02)25372497
傳真：(02)25374409
網址：Alonepublishing.blogspot.com
信箱：Alonepublishing@gmail.com
經　　銷　聯合發行股份有限公司
電話：(02)29178022
傳真：(02)29156270
二〇一三年六月　初版
定價新台幣三二〇元